Marcus Aper
chez les Rutènes

Anne de Leseleuc

Marcus Aper chez les Rutènes

FRANCE LOISIRS
123, boulevard de Grenelle, Paris

Édition du Club France Loisirs, Paris,
réalisée avec l'autorisation de Pocket.

ISBN 2-7441-0809-X

Maternus reçut la visite de Marcus Aper et de Julius Secundus, tous deux Gaulois, et les maitres les plus réputés de notre barreau.

« Marcus Aper possédait toutes les connaissances et il méprisait la culture littéraire plus qu'il n'en était dépourvu, pensant que son activité et ses efforts lui mériteraient plus de gloire, si son talent ne paraissait emprunter l'appui d'aucune connaissance acquise. »

TACITE, *Dialogue des orateurs*.

D'aprés Henri Bornecque, professeur à l'université de Lille, Tacite aurait écrit le *Dialogue des orateurs* en l'an 81 aprés J. C., sous le règne de Titus. La rencontre que Tacite relate a eu lieu en 75, alors qu'il n'avait que vingt ans.

C'est au cours de l'été 76 que Marcus Aper se rendit chez les Rutènes qui habitaient la région de Rodez...

Le printemps de la septième année du principat de Vespasien fut particulièrement maussade. La pluie, le vent et même la grêle semblaient plonger la Gaule dans un hiver sans fin. Mais ce n'était pas une rafale de plus ou de moins qui allait saper le moral des Arvernes[1]. Ici, dans le Massif central, le climat était rude, les hommes aussi. Là-haut, sur le puy de Dôme, la colossale statue de Mercure Dumias, sculptée par Zénodore, veillait sur eux. En bas, dans la ville neuve d'Augustonemetum[2], charrettes et piétons se bousculaient dans les ruelles étroites aux murs de lave aussi noirs que les rubans de ciel qu'on entrevoyait entre les toits des maisons. Le forum, bordé de monuments, de colonnes et de statues polychromes, dominait la cité tel un bouquet de fleurs planté sur un terril.

Face au temple dédié à la Triade Capituline, la basilique civile trônait, entourée de son portique. C'est là, dans un coin du bas-côté de la nef, que Marcus Aper s'était aménagé un bureau. Des tentures suspendues entre les piliers, une table à tréteaux et deux fauteuils d'osier suffisaient au confort du plus célèbre avocat gaulois. Un monceau de tablettes de cire et de feuillets de

1. Arvernes : population celte d'Auvergne.
2. *Augustonemetum* : Clermont-Ferrand.

papyrus recouvrait la table et la mosaïque du sol. Marcus enroulait distraitement le bout de sa moustache sur son index ; il réfléchissait. Allait-il dire oui ? Allait-il accepter la fonction de premier magistrat de sa cité natale ? Tout autre que lui aurait été flatté par cette proposition que venaient de lui faire les sénateurs d'Augustonemetum ; mais il n'était pas vaniteux. Un titre honorifique que l'on graverait sur sa stèle funéraire, il n'en avait que faire.

Il se sentait jeune, plein de vie, plein de force, il voulait voir du pays, défendre des innocents et de grandes causes, et non pas proclamer des sentences ou veiller au recouvrement des impôts ! C'est alors que Nestor souleva un pan de la tenture et entra :

— Un homme demande à te voir de toute urgence ! lui dit-il.

— Je croyais t'avoir ordonné de ne pas me déranger, répliqua aussitôt Marcus.

Les accès de mauvaise humeur de l'avocat n'avaient plus, et cela depuis déjà longtemps, aucune prise sur son factotum. Nestor sourit, d'un geste aussi naturel que celui de son maître, tira sur les rares poils roux de sa moustache et continua le plus sereinement du monde :

— Il insiste ! Comme tu pourras en juger par toi-même, il a une sacrée autorité et des arguments convaincants !

Nestor agitait une bourse pleine de pièces d'or au-dessus du nez de Marcus.

— Mon temps n'est pas à vendre ! rugit Marcus Aper.

Il n'avait pas fini sa phrase, et déjà un colosse était planté devant lui, les deux pouces glissés sous le ceinturon qui maintenait son pantalon droit en toile rugueuse.

— Ce n'est pas ton temps que j'achète, mais ton talent ! clama le visiteur en s'asseyant.

L'avocat eut un choc. Orgueilleusement cambré dans le grand fauteuil d'osier, l'intrus semblait être le maître de céans condescendant à recevoir son employé. Pour comble, dans la pénombre, la calvitie naissante, la bedaine protubérante, la satisfaction de soi débordante, offraient une évocation saisissante de l'empereur Vespasien.

— À qui ai-je l'honneur ? demanda Marcus Aper.

L'homme ne perçut ni l'ironie ni le reproche et poursuivit :

— Écoute-moi ! J'ai déjà perdu assez de temps ! Je ne vends pas des mots, moi ! Le temps c'est de l'argent. Si dans un enfournage de quarante mille pots, je laisse au feu une heure de trop, c'est quarante mille pots à jeter au rebut.

Aper dévisageait l'homme plein de suffisance. Non, tout compte fait, il ne ressemblait pas à Vespasien. Il était commun, l'empereur, lui, était arrogant.

Marcus s'impatientait :

— Nous nous connaissons ?

— Floris !

Marcus ne broncha pas.

— Floris ! répéta-t-il, le Floris de La Graufesenque !

Floris ne pouvait concevoir qu'un avocat, un homme qu'on paie pour vous défendre, reste insensible à l'énoncé de son identité. Il reprit quelque peu dépité :

— On m'a parlé de toi ! J'ai du travail pour toi !

Aper partit d'un joyeux éclat de rire :

— Je ne suis pas potier !

— Ce n'est pas d'un potier dont j'ai besoin, mais d'un bon avocat ! Et je sais que tu es le meilleur.

Dès le premier coup d'œil, Marcus avait ressenti de l'aversion pour le nouveau venu. Sans se lever, il répliqua :

— Si tu es à la recherche d'un bon avocat, c'est que tu es coupable ! Je ne défends pas les filous ! Va voir ailleurs.

— Je suis innocent ! On m'accuse d'un crime que je n'ai pas commis.

— Alors tu n'as pas besoin d'un bon avocat pour prouver ton innocence. D'ailleurs, j'ai l'intention de ne m'occuper ni de ton procès ni d'un autre. Tout au moins comme défenseur. S'il s'avère que tu n'as rien à te reprocher, j'aurais la joie de prononcer ton acquittement car tu as devant toi le futur juge.

De surprise, Nestor laissa choir le sac de pièces d'or.

— Reprends ça ! Et trouve un autre avocat ! conclut Marcus.

Floris ne bougeait toujours pas.

— Écoute ! dit-il, si c'est toi qui dois juger cette affaire, il faudra bien que tu m'entendes. Je suis propriétaire d'une officine à Condatomagus[1]. Je suis très riche, je fais beaucoup d'envieux. J'achète tout le matériel cru aux potiers. À moi de me débrouiller pour le vendre une fois cuit ! Seulement, voilà, j'ai eu des différends avec un des six potiers qui travaillent pour moi, le meilleur ! Une ordure, mais un grand artiste. Sa fille a disparu et on veut me faire porter le chapeau ! On m'a averti que l'édile avait ordre de m'arrêter. Tu parles que je ne l'ai pas attendu ! J'ai fait atteler ma voiture de voyage et je me suis lancé à ta recherche. Aide-moi ! Tout l'or qui me reste sera à toi !

1. *Condatomagus* : Millau (Aveyron).

— L'or qui te reste ? Je te croyais très riche !

— Je l'étais ! Ce salaud de Germanus m'a ruiné, mais je n'ai pas enlevé sa fille !

— Tu as fait une grosse bêtise ! Il ne fallait pas t'enfuir. Tu dois rentrer chez toi.

— Jamais ! ils sont tous fous ! Je n'arriverai pas vivant.

— Je te promets que tu arriveras vivant à la curie, mais si je découvre que tu es coupable, ne compte pas sur moi pour clamer ton innocence !

Une lueur d'espoir fusa dans le regard de Nestor. Il lança malicieusement :

— Condatomagus est sur le territoire des Rutènes[1], au confluent du Tarn et de la Dourbie ! Cette affaire ne concerne pas un juge arverne qui siège à Augustonemetum !

— Je n'ai pas encore accepté le marteau de juge, que je sache ! Je suis un homme libre ! Tu vas rester chez moi, ici, pendant quelque temps. J'ai besoin d'aller à Condatomagus pour y voir plus clair. Nestor, prépare la voiture ! Qu'est-ce que tu attends ?

Marcus Aper se leva d'un bond guilleret ; Ogmios, le dieu des avocats, avait résolu le dilemme pour lui. Les Arvernes n'avaient plus qu'à se trouver un autre Juge.

1. Rutènes : population celte de la région de Rodez.

Ce matin-là, il faisait beau. Les nuages s'étaient enfin décidés à quitter le ciel arverne. Marcus n'avait pas jugé utile de faire atteler sa lourde voiture de voyage, couverte et munie d'une couchette. Les routes de montagne étaient trop sinueuses et trop cahotiques pour qu'il pût espérer dormir en roulant. Il avait donc opté pour la rheda, plus légère et plus rapide.

Nestor hurlait sans cesse pour encourager ses quatre chevaux, mais le temps paraissait long à Marcus. La patience n'était pas son fort. Les bornes milliaires qui jalonnaient la route de mille en mille[1], et tous les huit milles, ces relais tant attendus par son gosier assoiffé et où Marcus se précipitait pour avaler une cervoise, lui semblaient séparés les uns des autres par des siècles d'ennui et d'inaction. Ils étaient partis depuis quatre jours lorsqu'ils croisèrent enfin le petit édicule dédié à Mercure, patron des routes et des voyages. Ils arrivaient à Segodunum[2].

Ils s'installèrent pour la nuit à la *maison rouge*, le relais de poste qui servait d'auberge à l'entrée de la cité. Les hangars étaient occupés par des charrettes chargées de cageots de vaisselle, aussi Nestor avait-il eu toute

1. 1480 m.
2. *Segodunum* : Rodez.

la peine du monde à trouver une place pour garer sa voiture.

La salle de la taverne empestait le graillon et la saucisse. Une dizaine d'hommes, vautrés autour d'une grande table, braillaient à qui mieux mieux. Ils se turent un instant en voyant entrer les étrangers, puis un petit borgne daigna les inviter à se joindre à eux. Les autres le regardèrent avec réprobation. En guise de remerciements, Marcus commanda une cervoise pour chacun et la conversation reprit. Nestor n'en finissait pas de ronchonner et de poser des questions :

— Par Cernunnos ! qu'est-ce qu'on est venu faire ici ? J'aimerais bien savoir ce qu'on cherche.

— Une poule et du chou ! hurla Marcus à la cantonade.

— Mais enfin, veux-tu me dire... grogna Nestor, tandis qu'une rouquine débraillée déposait deux assiettes fumantes devant eux.

— Tais-toi ! murmura Marcus, j'écoute.

Le ton montait chez les muletiers :

— Si ça continue, il faudra chercher du travail ailleurs !

— Dix charrettes au lieu de vingt ! C'est la catastrophe !

— Et le dernier chargement est parti il y a trois semaines ! Pas normal, avant c'était toutes les quinze nuits !

— C'est à cause de cette cuisson ratée.

— Ratée, ratée ? Moi, je te dis que c'est du sabotage. T'as vu le grand four ?

— Quoi, celui de Floris ? Alors ?

— Alors, quand on a mis en chauffe, pendant les trois

jours du petit feu, la fumée aurait dû être blanche, eh bien, elle était noire et elle puait.

— Du pin d'un an, bien sec, ça peut pas puer.

— Macarel ! Je te dis que ça puait !

— Ce qu'il y a de sûr, c'est qu'après la grande chauffe, au bout de six jours, quand on a défourné, les pots, ils étaient pas roses, ils étaient pleins de taches comme la peau d'une vache ! Même que Floris a tout fait balancer dans la fosse à détritus.

— Il était dans une de ces colères ! On aurait dit le divin Taranis faisant péter l'orage ! Il a failli tuer les deux gars qui avaient chargé l'alandier.

— Qu'est-ce que tu en sais ?

— On le dit !... Adieu ! Je vais dormir. Demain, on part tôt.

— Tu n'as rien mangé ! soupira Nestor.

— Pas faim ! Alors, tu as compris ce qu'on cherche ? répliqua Marcus en se levant.

Il demanda à l'aubergiste un coin tranquille pour passer la nuit. Puis ils prirent leurs chandelles et montèrent l'escalier de bois. Et tandis que Nestor se laissait choir tout habillé sur sa paillasse, il murmura :

— Non ! rien compris !

Le lendemain, Nestor et Marcus repartirent à l'aube. Une brume annonciatrice de chaleur coiffait les cimes des coteaux du Larzac. La journée serait chaude. En fin d'après-midi, ils touchaient au terme de leur voyage.

Coincé dans le confluent du Tarn et de la Dourbie, Condatomagus ne ressemblait à aucune des cités que connaissait Marcus. Sur la rive droite du Tarn, l'agglomération n'était qu'une juxtaposition de hameaux. Des petites bâtisses de pierre liées au mortier de chaux avaient été construites au hasard de l'agrandissement de la cité. Aucun plan d'urbanisme n'ordonnait ce fouillis de places, de fontaines et de ruelles.

Ils traversèrent le quartier des fondeurs, puis celui des potiers, qui, installés devant leur tour, pédalaient en chantant. Ils passèrent devant l'enceinte sacrée du fanum, ce vieux temple gaulois, énorme masse cubique chapeautée d'un autre petit cube couvert d'une double pente de tuiles. Après avoir interrogé des badauds, ils se dirigèrent vers le grand centre potier de La Graufesenque, situé dans la plaine limoneuse sur la rive gauche du Tarn et de la Dourbie.

Aux abords de La Graufesenque, les modestes masures aux toits couverts de tuiles de terre cuite devaient abriter les esclaves des potiers. La voiture s'engagea entre les portiques à colonnades qui bordaient le cardo[1], longea l'enceinte sacrée du temple gaulois, traversa le canal et déboucha dans le centre industriel.

Marcus décida de continuer la route à pied ; il donna rendez-vous à Nestor à la sortie de la ville, à l'auberge du *Coq Noir*, qu'on lui avait signalée comme étant la plus accueillante de l'endroit. Il lui sembla s'engouffrer dans une fourmilière. Toute une population disparate et besogneuse se livrait avec calme et application à des tâches mystérieuses pour le nouveau venu.

Dans les venelles étroites, des charretées de pots crus croisaient des charretées de pots cuits, des hommes accroupis devant des fosses lavaient de la glaise, d'autres, installés sous les auvents de leurs baraques, confectionnaient des moules que des gamins allaient ensuite porter sur les établis des poinçonneurs. Ce qui

1. *Cardo* : grande rue d'orientation nord-sud.

faisait toute la renommée, par-delà les frontières, de La Graufesenque était ce travail délicat qui consistait à imprimer les poinçons décorés de motifs en relief dans la paroi interne des moules. Cette tâche n'était pas confiée à des esclaves, mais à des artisans, de véritables artistes qui composaient des décors originaux en sachant alterner les poinçons de lièvre et de lévrier, de chasseur, de divinités, de rinceaux et d'arcades. Ailleurs, on pétrissait la glaise, on l'appliquait dans les moules et partout des fourmis couraient, portant sur leur tête des plateaux d'osier chargés d'argile, de moules, d'assiettes, de cruches et de bols.

Marcus avait le tournis, il sentait sa tête se rétracter au soleil comme l'argile dans un four, et pour comble, ces étranges insectes n'étaient pas silencieux, ils braillaient dans tous les coins et dans toutes sortes de dialectes. La vieille langue celte dominait, entrecoupée de mots latins et de pseudo-grec. Allait-il arriver à se faire comprendre ? Il résolut de demander son chemin à un vieillard qui, en dépit de la chaleur, s'était entortillé dans une cape bariolée rouge et vert ; tout à sa tâche qui consistait à passer une sorte d'enduit fluide sur la paroi d'un vase démoulé, décoré de motifs en relief, l'homme lui crachouilla une réponse en patois rutène, qui ressemblait vaguement au gaulois parlé par les paysans arvernes. Heureusement, il ponctua du geste.

Le vent tourna, Marcus se sentit tout à coup assailli par un nuage de fumée, il approchait d'un grand four. L'imposante bâtisse cubique, recouverte d'un toit à double pente, avait au moins la hauteur de cinq hommes montés sur les épaules les uns des autres. La fumée s'échappait d'une couronne d'ouvertures ménagées sous la charpente du toit. Des esclaves, torses nus, enfournaient le bois dans une longue galerie voûtée qui servait d'alandier. Marcus demanda à l'un d'eux :

— La fumée est noire, c'est normal ?

— Ben oui ! on doit bien avoir atteint les mille degrés ! grogna l'esclave sans se retourner.

Marcus poursuivit :

— Il paraît qu'au dernier enfournement la fumée puait, tu sais pourquoi ?

— Demande au patron ! lança un autre par-dessus son épaule.

— C'est qui le patron ici ?

— Floris, pardi ! Tout ça, c'est à Floris !

— Peut-être pas pour longtemps ! dirent les esclaves en ricanant.

— Si le four devait s'éteindre, ça serait triste pour tout le monde ! rétorqua Marcus en poursuivant son chemin.

— Pas d'avoir un autre patron que ce chien ! hurlèrent-ils.

La taverne du *Coq Noir* n'était ni plus ni moins accueillante qu'une autre. Peut-être un peu plus sale et complètement vide. Nestor, seul dans le lieu désert, attendait sur le seuil. En entrant, Marcus hurla :

— Aubergiste !

Mais personne ne vint.

— Quel foutoir ! maugréa Nestor.

Marcus se dirigea vers l'escalier. Dans la pénombre, dans le recoin d'un palier, gisait un tas de chiffons. Aper se précipita. Un homme recroquevillé était inerte, le crâne fracassé, le visage tourné vers le mur. Il toucha la carotide ; l'homme était mort.

— Si c'est l'auberge la plus accueillante, qu'est-ce que ce doit être que les autres ! soupira Nestor.

— Filons à la curie ! Je dois voir l'édile, dit Marcus.

Il n'y avait pas de curie à La Graufesenque. Aussi Marcus et Nestor retournèrent à Condatomagus. Le cadran solaire du forum indiquait la 11e heure du jour[1]. Les portes de la basilique civile étaient closes, les boutiquiers fermaient leurs volets de bois. Enfin, après avoir posé vingt fois la même question et avoir tourné en rond un long moment, ils finirent par arriver chez l'édile qui logeait au premier étage d'un immeuble situé sur le cardo.

Le magistrat chargé de la police de Condatomagus le reçut avec empressement, mais ne put dissimuler son étonnement en voyant l'avocat le plus célèbre de toute la Gaule planté devant lui sur la mosaïque de son seuil.

— Entre ! dit-il. Qu'est-ce qui me vaut cet honneur ?

Primus entraîna ses visiteurs dans la salle commune. Des fenêtres hautes éclairaient le rose d'un pavement en tessons de terre cuite. Ils prirent place dans des fauteuils d'osier. Un guéridon rond et quelques tabourets complétaient le mobilier. Marcus alla droit au but :

— Sais-tu que l'aubergiste du *Coq Noir* a été assassiné ? Il faut faire enlever le corps !

L'édile parut à peine surpris.

— Par Esus ! Qu'allais-tu faire dans ce repaire ? Ce n'est pas un lieu pour toi. Je ne pense pas que tu sois venu pour acheter des cruches ou des assiettes !

— J'ai reçu la visite d'un homme qui se sent menacé et qui m'a demandé de le défendre, déclara Marcus.

— Germanus ?

1. 11e heure : 17 heures. (La 1re heure : le lever du soleil.)

— Non, Floris !

— Je crains que tu aies misé sur le mauvais cheval ! rétorqua Primus.

Il appela un serviteur et lui demanda de servir du vin.

— Pour moi et pour Nestor, ce sera deux cervoises, si ça ne te dérange pas. Mais il me paraît urgent de s'occuper de l'aubergiste !

— Il ne s'envolera pas ! gloussa l'édile.

Il rappela le serviteur qui allait sortir :

— Prépare la chambre d'hôte pour maître Aper !

Sans laisser le temps à Marcus de placer un mot, il enchaîna :

— Ce n'est pas très luxueux chez moi, mais tu seras mieux qu'au *Coq Noir* ! Alors, que sais-tu de Floris ?

— Pas grand-chose, justement ! Je suis venu ici pour en apprendre davantage. Et toi, que sais-tu de l'aubergiste ?

— Comme beaucoup d'autres ici, il appartenait à Floris. Il avait dû par le passé lui rendre de grands services et, en remerciement, Floris l'a engagé pour tenir sa taverne. Peut-être qu'il en savait trop ! Peut-être que ça lui a monté à la tête de jouer au patron et qu'il a refusé d'obéir à Floris ! Va savoir avec un pourri comme ce Floris !

A ce moment, deux jeunes éphèbes à cheveux longs, portant la dague au ceinturon, se plantèrent sur le seuil. Primus se leva d'un bond et se dirigea vers eux :

— Je croyais vous avoir donné l'ordre de m'amener Floris ! Où est-il ?

— Il est introuvable. Il n'est pas chez lui, et depuis plusieurs jours personne ne l'a vu à l'officine.

— Vous l'avez laissé filer, bande d'idiots ! Mais il y a ici quelqu'un qui l'a vu et qui va nous dire où il se cache.

Marcus répondit calmement :

— Je l'ai vu il y a quatre jours. Mais j'ignore où il est aujourd'hui.

L'édile darda sur Marcus un regard menaçant :

— Oserais-tu te faire le complice d'un criminel ? Sais-tu de quoi Floris est capable ? Ce cadavre qui t'a accueilli au *Coq Noir*, ce ne peut être que l'œuvre de Floris. C'est l'acte d'un assassin aux abois qui supprime ses complices.

Marcus l'interrompit :

— As-tu des preuves ?

— Des preuves ! glapit Primus, des preuves ! On a retrouvé des dents, des petites dents, des dents toutes blanches, des dents de jeune fille dans les cendres de l'alandier de son four ! On a retrouvé aussi du bronze qui avait fondu à la chaleur, trois petits lingots. La fille devait porter des bracelets, des fibules, que sais-je, une boucle de ceinture en bronze... et la fille de Germanus a disparu. Étrange, non ? Mais moins étrange quand on sait que Germanus et Floris se sont bagarrés au *Coq Noir* la semaine passée ! Encore moins étrange quand on apprend que Germanus a quitté son associé Floris et qu'il a fondé sa propre officine à Banassac. Et plus étrange du tout quand on constate que les grossistes ne se fournissent plus à La Graufesenque, mais à Banassac !

— Oui, étrange ! marmonna Marcus en enroulant le bout de sa moustache sur son index. Étrange, mais tu n'as aucune preuve de la culpabilité de Floris. La pauvre jeune fille devait être morte quand on l'a fait brûler. C'est horrible ! et nous ne saurons jamais comment on l'a tuée. Je veux voir les dents ! Je veux voir les morceaux de bronze ! Avez-vous gardé les cendres ? N'y avait-il rien d'autre ?

— À mille degrés, que voudrais-tu qu'il reste d'autre ? J'ai fait mettre les cendres dans une urne et je les ai portées chez Germanus qui est anéanti de chagrin. Quand nous tiendrons Floris, je te jure que je le forcerai à avouer. Je compte sur toi pour m'aider à le retrouver. Je sais qu'il n'est pas dans tes habitudes d'innocenter les criminels.

— Je te promets de t'aider à arrêter le coupable, conclut Marcus en se levant.

Nestor s'occupa des bagages et installa du mieux qu'il put les affaires de son maître dans le réduit sans fenêtre que Primus appelait la chambre d'hôte.

Un adolescent, ressemblant comme un frère aux gardes municipaux, apporta une bassine pour se laver les mains, tandis qu'un autre, toujours taillé sur le même modèle, disposait sur le guéridon des jattes de petits légumes au vinaigre et au miel et un grand plat de quartiers de canard. Le garçon blond, à la peau blanche et lisse sous son sayon échancré, leur tendit à chacun une assiette.

— Assieds-toi et mange avec nous ! lui ordonna Primus en effleurant de ses doigts la main qui lui offrait une aile de volaille.

— Maître, je croyais... balbutia le jeune athlète d'une voix aux accents précieux.

— Obéis ! le coupa Primus d'un ton sec.

Marcus s'étonna de ne pas avoir deviné au premier coup d'œil les mœurs particulières de son interlocuteur. En le regardant mieux, il distingua des traces de noir de charbon de bois sur le haut du crâne pour camoufler la calvitie naissante et de la poudre de céruse sur les ailes pincées d'un nez pointu. Trop de bagues ornaient les mains qui s'agitaient gracieusement comme des ailes de palombes. Le giton de l'édile s'assit donc aux pieds de son maître tandis que Marcus dévorait à pleines dents cuisses et ailes de canard. Six ou sept quartiers de volaille l'avaient mis en appétit. Il sortit sa serviette de sa poche, s'essuya la moustache et attendit le ragoût. Mais le ragoût ne vint pas ; on apporta la crème aux œufs et les fruits au sirop.

À son réveil, Nestor fut tout surpris de se retrouver seul dans la chambre. Il s'aspergea le visage, se rinça la bouche, lissa ses cheveux roux et ses trois poils de moustache, traversa la grande salle, et, dès la porte de l'insula[1] franchie, fut happé par une grouillante cohue. C'était, à Condatomagus, jour de marché aux esclaves. Mais où pouvait bien être Marcus ?

Installé à un coin de rue, un barbier rasait en plein air. Des fermiers, des potiers, certains venus de loin, attendaient leur tour. Nestor se mit dans la file.

— Essaie pas de resquiller ! Passe derrière ! grogna un colosse d'une propreté douteuse.

— Réponds pas ! lui susurra en gaulois le gamin qui lui pinçait le bras. Il ajouta : « Viens ! allons nous faire raser ailleurs ! On ne va pas passer après ce type pour attraper la gratte ! »

Chemin faisant, Nestor apprit de son nouvel ami que le colosse était un habitué des ventes d'esclaves.

— Il travaille pour Barcos.

— Qui est Barcos ? demanda Nestor.

— Barcos, c'est Barcos ! Tout le monde connaît Barcos. Il achète tout : des esclaves, des céramiques, des

1. *Insula (ae)* : maison dont chaque étage était loué à une famille différente.

tissus de laine. Il vend de tout : de l'huile, du vin, des tissus de soie. Mais il achète aussi des femmes qu'on ne revoit jamais par ici. Des femmes qu'il entasse à Narbo Martius[1] sur des bateaux. Et ce gros porc de Lucter, c'est justement lui qui est chargé d'acheter les filles.

Tout en bavardant, le gamin avait traîné Nestor dans l'échoppe d'un barbier qui, pour trois fois le prix du praticien ambulant, avait savonné leur menton avec de l'eau propre et essuyé leurs joues avec un linge blanc. Comme par hasard, le gamin n'avait pas un sesterce sur lui. Nestor fit un nœud à son mouchoir pour ne pas oublier de se faire rembourser ses frais d'enquête par son maître et demanda à son compagnon de l'accompagner au marché aux filles.

— Trop tôt ! dit l'autre, on a le temps d'aller boire un verre.

Nestor doubla le nœud au mouchoir et, en attendant l'ouverture de la vente aux enchères, il invita son acolyte, qui répondait au nom de Lupus.

Marcus s'était levé à l'aube. Profitant de la fraîcheur, il avait marché jusqu'à la *maison rouge*, à l'entrée de la ville, et s'était acheté une mule. Il faisait déjà chaud quand il accrocha sa monture à l'anneau scellé dans le mur du *Coq Noir*, à La Graufesenque. Le cabaret sentait le propre. Une grosse femme, en traînant les pieds, servait des clients paisibles qui mangeaient des galettes et buvaient une décoction chaude d'orge grillé. Marcus jeta un coup d'œil dans l'escalier qui avait été lessivé. Il s'attabla avec trois types moroses qui ne desserraient pas les dents.

1. *Narbo Martius* : Narbonne.

— Il fait beau ! dit Marcus.

— Beau ! ricana l'un de ses compagnons de table en détaillant avec dégoût le sayon, le ceinturon et les braies impeccables de cet étranger. Beau ! alors que le four est fermé et qu'on n'a plus de travail !

— Qu'est-ce qui s'est passé ici hier ? demanda Marcus.

— Rien ! reprit l'homme en mordant dans sa galette.

— Rien ? Mais l'aubergiste est mort.

— Il est tombé dans l'escalier. Il buvait trop ! Sa sœur a repris l'auberge. Il s'est rien passé.

— Il ne s'est rien passé ! hurla son voisin en jetant sa chope qui se brisa sur le dallage. C'est ce fumier d'aubergiste qui a foutu la fille de Germanus dans le four. C'est Floris qui a voulu se venger et, comme toujours, c'est l'aubergiste qui exécutait ses basses besognes.

— Qu'est-ce qu'on a fait du corps ? demanda Marcus.

— Il est dans une chambre là-haut. Pas de chance qu'il se sauve ! On l'enterre demain.

Marcus se leva et se dirigea vers l'escalier. La grosse matrone se précipita pour l'en empêcher, mais Marcus la regarda droit dans les yeux en disant :

— Je suis avocat et j'ai besoin de savoir si ton frère a été assassiné.

De toute sa masse, la matrone lui barrait le passage :

— Mon frère mort, c'est moi la patronne ! Tu n'es pas d'ici, nos affaires ne te regardent pas.

Une porte s'ouvrit au premier étage. Attiré par le bruit, l'édile parut sur le palier.

— Laisse monter l'avocat ! cria Primus d'une voix tranchante.

Le mort gisait nu sur le lit. Il avait le crâne fracassé.

— On a dû le pousser dans l'escalier, grommela l'édile. Une bagarre d'ivrognes ! J'ai interrogé toute cette racaille de cabaret, mais, naturellement, personne n'était là au moment de l'accident ! Personne n'a rien vu.

Marcus s'était penché sur le cadavre.

— Regarde ! dit-il à Primus en pointant son doigt sur une entaille à la base de la nuque. Regarde ! Il ne s'est pas fait ça en tombant. On l'a frappé avec une arme tranchante et on l'a balancé dans l'escalier après.

— Un coup de couteau ? demanda l'édile.

— Pas un couteau ordinaire. Ça, c'est un coup porté par un marin. J'ai servi dans la cohorte auxiliaire gauloise pendant la guerre de Bretagne. Quand Paulinus Suetonius a voulu débarquer dans leur île, on a été attaqués par les guerriers de la reine Boudicca. C'est d'un coup de glaive porté net au bas de la nuque que les légionnaires se débarrassaient des assaillants.

— Les nautes qui naviguent sur le Tarn ne pratiquent pas ce genre de jeu, ricana Primus.

— Il vient des gens de partout pour travailler ici.

Ils furent interrompus par une des créatures de l'édile qui, tout essoufflée, lui annonça qu'Atelia voulait le voir d'urgence au marché aux filles.

— Je t'accompagne ! dit Marcus.

Ils montèrent dans la voiture de l'édile, et celui-ci enchaîna :

— Tu vas faire la connaissance d'une drôle de bonne femme ! Atelia est la patronne d'une agence de location d'esclaves.

— Une agence de location d'esclaves ? fit Marcus étonné.

— Oui ! Elle achète des esclaves aux ventes aux

enchères, et ensuite elle les loue à la journée ou à la saison. On trouve tout chez elle : des bûcherons pendant les mois d'hiver, des manutentionnaires pour charger et décharger les fours pendant les mois d'été, des pétrisseurs de glaise, des menuisiers pour fabriquer les caisses, des porteurs, mais aussi des servantes domestiques et des filles de cabaret. Il lui arrive aussi d'en revendre à des clients satisfaits qui veulent garder définitivement leurs serviteurs. Elle est régulière. On n'a jamais eu d'histoire avec elle. Ses esclaves sont bien nourris et en bonne santé.

— Et que se passe-t-il quand ils deviennent trop vieux pour être loués ?

— Elle les garde à son service. Ils s'occupent de l'intendance de son curieux village. Tiens, tu vois ces baraques de bois au bord de la Dourbie ? C'est son territoire : Ateliacum.

La voiture s'arrêta et ils descendirent sur la place où avait lieu la vente aux enchères des femmes, à l'extérieur de la Porte du Nord de Condatomagus. Il y avait foule, mais les badauds attirés par le spectacle étaient plus nombreux que les acheteurs.

Une estrade était plantée au centre de la place. Un vieillard poussa une adolescente sur le podium. Elle avançait timidement, les yeux baissés. Elle crispait ses doigts sur la longue écharpe qui enveloppait sa silhouette. D'un mouvement brusque l'homme ôta le voile. La jeune fille apparut, bras et jambes nus en tunique courte et moulante. Elle avait honte.

— Regardez cette splendeur ! clama le maquignon. Qui ne donnerait pas mille sesterces pour posséder cette merveille ! Elle sait l'art de tisser, elle est douce et obéissante ! Mais regardez ses bras et ses cuisses, elle est aussi vigoureuse et apte aux plus dures besognes ! Bien qu'un aussi beau joyau mérite peut-être mieux ! J'attends vos enchères !

— Cinq cents ! cria un énorme type aux cheveux crasseux.

— Cinq cents ? Tu veux rire ! glapit le vendeur. La mise à prix est de mille !

Une voix timide se fit entendre dans la foule :

— Mille ici !

— Mille deux cents ! renchérit le colosse.

Le silence se fit. Primus se tourna vers Marcus :

— Personne n'osera monter sur l'enchère de ce Lucter. Quand il veut une fille, tout le monde se tait. On sait qu'il ne pardonne pas à ceux qui font monter les prix.

— Mille deux cents sesterces ! Une fois ! Deux fois ! Adjugé ! dit le vieillard en entraînant hors du podium la gamine qui s'était redrapée dans son écharpe.

Un autre homme montait déjà sur l'estrade avec deux pauvres filles sans âge et sans beauté.

— Viens ! dit Primus.

Ils trouvèrent Atelia dans sa carruca garée un peu à l'écart. Elle ouvrit le portillon de sa voiture et les pria de s'asseoir auprès d'elle.

Marcus n'en revenait pas qu'une aussi jeune et jolie femme, à la mise discrète et de bon ton, pût faire un tel métier. Avec son haut toupet de bouclettes au-dessus du front, à demi recouvert d'un voile transparent, elle ressemblait aux élégantes que l'on croisait le matin, à Rome, sur la promenade. La courtoisie des présentations et des mondanités préliminaires parurent à Marcus, étant donné les circonstances, de la dernière obscénité. Enfin Atelia coupa court à cette mascarade.

— Venons-en au fait ! dit-elle. Un certain Pullus,

misérable métayer, accablé par l'âge et la maladie, est venu me proposer d'acheter sa septième fille car il n'avait pas assez de travail pour elle et ne pouvait plus la nourrir. La pauvre gamine n'était pas jolie et aucun mari potentiel ne voulait la lui acheter. Le père voulait éviter à sa fille l'humiliation de la vente publique. Tu sais, Primus, que j'ai du cœur. Je lui ai donc dit de m'amener la petite et que, si je la trouvais en bonne santé, je lui en donnerai deux cents sesterces. Le marché fut conclu. Cela se passait à la nouvelle lune. Depuis, j'ai attendu, mais on ne m'a pas amené la gosse. J'ai pensé qu'il avait changé d'avis et qu'il pensait en tirer un meilleur prix à la vente aux enchères.

« Or, ce matin, une femme horrible, avec des poils au menton, est venue me faire une scène. Elle prétend être la fille aînée de Pullus. Dès son retour de Condatomagus, Pullus est, paraît-il, tombé malade et a dû garder la chambre. Il a envoyé un serviteur me livrer la jeune Rosa. Le serviteur n'est pas revenu, Rosa non plus ! et il me réclame l'argent ! La moustachue m'a traitée de voleuse et m'a menacée, si je ne payais pas, de me faire rosser par tous les gars de son pagus. J'ai donné ordre à deux de mes esclaves de la bâillonner, de la ligoter sur le siège à côté du cocher et d'aller te chercher.

Atelia était rose de colère. Elle ajouta :

— Je suis sûre que ces gens sont malhonnêtes, ils ont gardé la fille et ils me réclament l'argent !

— Je suis curieux de rencontrer l'homme qui devait t'amener Rosa, marmonna Marcus.

— Il paraîtrait qu'il n'est pas revenu à la ferme, s'empressa de dire Atelia. Il serait introuvable !

— Qu'en sais-tu ? poursuivit Marcus. Es-tu certaine de ne pas l'avoir rencontré ?

L'édile jeta un regard réprobateur à l'avocat et proposa d'aller reconduire la fille aînée à la ferme de son père. Le cocher enleva le bâillon et délia les mains de la paysanne moustachue qui, faisant preuve d'un soudain amour pour sa sœur, se mit à hurler qu'elle se vengerait de cette horrible femme qui avait volé sa petite Rosa chérie. Les chevaux galopaient sur le chemin de la berge du Tarn. Les mariniers qui descendaient la rivière étaient trop loin pour entendre les gémissements de la sœur de Rosa.

Ils s'arrêtèrent au premier pagus après la sortie de la ville. Le cocher aida la fille à descendre du siège. Primus lui saisit l'avant-bras et lui ordonna de les mener à son père. Marcus fit un petit signe de la main et s'éclipsa.

— Il est curieux, ton ami ! remarqua Atelia. Pourquoi être venu jusqu'ici et ne pas rencontrer le vieillard ?

— Il a une autre affaire en tête ! répliqua Primus. La disparition de cette esclave ne l'intéresse pas.

Primus se trompait. Marcus avait besoin de réfléchir. La fille de Germanus et Rosa, cela faisait deux disparitions depuis la nouvelle lune. Mais il ne voyait pas quel mobile aurait pu pousser Floris à faire disparaître Rosa. Alors, n'était-ce qu'une coïncidence ?

Sur la colline, un peu à l'écart des quatre cabanes de bois qui constituaient le pagus, Marcus vit une femme assise sur l'herbe, au milieu d'un troupeau d'oies. Il se dirigea vers elle. Elle ressemblait à la fille à la moustache, en moins laide et en plus sale. Forcément, l'autre avait fait toilette pour aller en ville. La jeune fille se sauva en voyant un homme se diriger vers elle.

— Allez-vous-en ! hurlait-elle en faisant de grands moulinets avec la gaule qui lui servait à tenir son troupeau rassemblé.

Les oies apeurées battaient des ailes en poussant des criaillements stridents. Marcus tenta de rassurer la fille. Il voulut se rapprocher d'elle. Mais elle s'échappa, suivie d'une horde de volatiles en folie. Il se fendit un passage, au risque de se faire casser une jambe. Il la rattrapa, la ceintura par surprise et l'immobilisa. Elle lui griffait le visage, lui décochait des coups de pied. Une véritable furie.

— N'aie pas peur ! Je ne te veux aucun mal, je veux juste que nous parlions de Rosa.

Elle se mit à pleurer :

— C'est ça ! Tu veux parler de Rosa, tu veux me faire comme à Rosa !

— Assieds-toi et parlons ! Je te jure que je ne te ferai rien.

— Jamais je ne m'allongerai dans l'herbe à côté de toi !

Elle bondit et se sauva à nouveau. Cette fois, Marcus la plaqua au sol et l'y maintint vigoureusement. Elle mourait de peur.

— Rosa t'a parlé d'un homme qui lui avait fait du mal ?

— Non, je l'ai vu ! Je gardais les oies, ils étaient en bas dans les broussailles. Il la maintenait comme ça, de force, le dos sur l'herbe. Il était couché sur elle. Elle criait. Puis elle n'a plus crié et l'homme est parti en courant avec Rosa sur ses épaules.

Marcus la lâcha.

— Cet homme, tu le connaissais ?

— J'étais trop loin, je ne l'ai pas reconnu. C'était peut-être toi !

— Ce n'était pas moi. Tu dois me croire. Veux-tu m'aider à le retrouver ?

— Non, non, j'ai trop peur.

— Tu savais que ton père avait promis Rosa à Atelia ?

— Oui ! J'avais de la peine. Rosa, c'était ma préférée. Elle avait besoin de moi, elle ne parlait pas bien.

— Elle était sourde-muette ?

— Non, pas sourde, elle ne parlait pas bien.

— Elle était bègue ?

— C'est quoi, bègue ? Elle ne parlait pas bien.

— Cette bagarre que tu me racontes, c'était avec l'homme qui devait la conduire à Atelia ?

— Je ne sais pas.

— C'était quand ?

— À la nouvelle lune.

— Il faisait nuit ?

— Non, c'était le jour avant la nouvelle lune, dit-elle en hochant la tête. Ce matin-là, elle pleurait. Elle m'a fait comprendre que le père ne pouvait plus la nourrir et que personne ne voulait l'épouser. Moi non plus, personne ne veut m'épouser, mais moi, je travaille, je gagne ma soupe. Elle m'a fait tant de peine que je lui ai donné le beau bracelet que m'avait offert ma mère avant de mourir. Et aussi ma grosse perle d'ambre que je lui ai accrochée autour du cou.

Elle se tut. Marcus la regarda :

— Et puis ?

— Et puis je ne l'ai pas revue. Je suis partie mener les oies au pré. Et puis je n'ai plus de bracelet. Et puis je voudrais savoir pourquoi tu me demandes tout ça ?

— Tu ne voudrais pas que je retrouve Rosa ?

— Le père, ce n'est pas Rosa qu'il veut, c'est l'argent !

— Pour qu'il touche l'argent, il faudrait que Rosa soit chez Atelia.

— Qui te dit qu'elle n'y est pas ?

Marcus comprit qu'il ne tirerait rien de plus de cette pauvre fille.

— Tiens ! dit-il en sortant quelques pièces de sa bourse. Tu te rachèteras un autre bracelet.

Elle eut un triste sourire :

— Merci ! J'achèterai un bracelet en bronze, comme celui de maman, et aussi une grosse perle d'ambre.

« Bracelet en bronze ! Perle d'ambre ! » Ces mots résonnaient comme un carillon dans la tête de Marcus. Il rentra d'un bon pas, sans attendre Primus et Atelia. Arrivé en bas de la colline, il pénétra dans les broussailles que lui avait indiquées la sœur de Rosa. Elle n'avait pas menti. Il trouva des lambeaux d'étoffe accrochés dans les ronces. Un petit bout de grosse toile écrue était taché de sang. Il le fourra dans sa bourse. Soudain, il se frappa le front : « Par Cernunnos ! Où ai-je laissé ma mule ? »

Il la retrouva attachée à l'anneau devant le *Coq Noir*. Il défaisait le nœud de la longe quand il entendit hurler :

— Maître Aper !

En se retournant, il vit Nestor, un Nestor légèrement éméché, l'œil brillant et le nez aussi cuivré que sa moustache.

— J'ai fait tous les cabarets de Condatomagus pour te retrouver ! Et puis, j'ai pensé au *Coq Noir* ! C'est à toi, cette mule ?

— Oui !

Furieux, Marcus ajouta :

— Tu as bu !

Nestor ricanait :

— Ce n'est pas juste, quand je bois un peu, ça se voit et toi, quand tu bois beaucoup, ça ne se voit pas. Tu as acheté une mule, alors, plus besoin de voiture, je vais la vendre et acheter une mule !

— Va plutôt te tremper la tête dans un baquet d'eau froide ! Je t'attends à l'intérieur. Il faut te mettre quelque chose de solide dans la panse.

La taverne était plus animée que la vente aux enchères. Des hommes, debout, agglutinés par petits groupes, parlaient tous en même temps dans une cacophonie de dialectes divers. Ils s'étaient réunis par familles, par castes, par spécialités ; dans un coin, des esclaves torse nu dans un autre, des tourneurs en tabliers de cuir, ailleurs des artisans en sayon. Tous discutaient ferme. Ils n'étaient pas venus pour boire. Marcus chercha la patronne ; il la découvrit à l'autre bout de la salle. Elle parlait avec un homme emmitouflé dans une cape, le capuchon rabattu sur la tête. Marcus se dirigea vers eux. Dès que l'homme vit l'avocat, il fendit la foule et courut vers la porte. L'individu, qui arborait une barbe de plusieurs jours, s'éclipsa sans attirer l'attention. Mais il n'y avait aucun doute possible pour Marcus, c'était Floris ! Aper se précipita à sa poursuite. Sur le pas de la porte, Floris bouscula Nestor qui entrait.

— Rattrape-le ! hurla Marcus.

Le maître et le factotum se lancèrent à la poursuite du fuyard dans les ruelles de La Graufesenque qui ressemblait à une cité morte. Ils couraient autour des fours endormis et des cours vides. Contournant un atelier, Marcus finit par surprendre Floris et l'arrêta net en surgissant face à lui. Nestor arriva juste à temps pour immobiliser leur proie.

— Que fais-tu ici ? Je t'avais dit de m'attendre chez moi ! hurla Marcus.

Floris ne se contrôlait plus :

— Tu ne vois pas qu'ils veulent ma peau ! Je sais qui a estourbi l'aubergiste. Ils vont tous dire que c'est moi ! Je dois retrouver ce salaud !

— Le crime n'aurait pu t'être imputé si j'avais pu prouver que tu étais à Augustonemetum. Maintenant, comment veux-tu que je te défende ? Tout le monde t'a vu ici.

— Personne ne m'a reconnu.

— Et la patronne ?

— Rien à craindre ! Tu ne m'empêcheras pas de faire ce que j'ai à faire !

— Dis-moi ce que tu sais et retourne m'attendre à Augustonemetum !

En guise de réponse, Floris envoya, des deux poings simultanément, Marcus et Nestor mordre la poussière. Il disparut avant qu'ils n'aient eu le temps de se relever.

— Quel aimable client ! maugréa Nestor.

Aper et Nestor rentrèrent chez Primus pour mettre des vêtements propres. L'édile convia l'avocat à partager son frugal repas de la mi-journée. Saucisson, boudin froid et rogatons de fromage laissèrent Marcus sur sa faim. Les renseignements que Primus avait glanés chez le père de Rosa n'assouvirent pas davantage sa curiosité. Il n'apprit rien de plus que ce que lui avait révélé la gardeuse d'oies. Il ne parla pas de sa rencontre avec Floris. Il prit congé. Il lui semblait urgent d'aller à Banassac, chez ce Germanus qui accusait Floris d'avoir fait brûler sa fille.

Il se dirigea vers les cuisines pour demander à Nestor de faire atteler. Quand il entra, il le trouva en train de dévorer un gigot d'agneau. Lui arrachant l'os des mains, il déchiqueta la viande à pleines dents et d'un joyeux coup de pied dans l'arrière-train propulsa Nestor vers les écuries :

— Demain, je mange à la cuisine !

— Où allons-nous ? grommela Nestor.

— À Banassac, chez Germanus !

— Tu connais le chemin ?

— Non.

— Alors, je crois plus sage d'aller chercher mon jeune ami. Il m'a dit où je pourrais le trouver si j'avais besoin de lui. Il connaît tout le monde, ici.

— Parce que tu t'es déjà fait un ami ? Imiterais-tu les mœurs de Primus ? Il est vrai que ça manque de femmes !

— Drôle d'engeance ! Les filles, ils les font brûler ou ils les vendent aux enchères !

Nestor fit galoper ses chevaux jusqu'à la Porte Sud. La vente aux hommes battait son plein. Nestor ne fut pas long à repérer Lupus qui se livrait à son passe-temps favori : débarrasser les badauds de leur bourse. Du haut de son siège, il souleva le gamin qui brailla comme un cochon qu'on égorge, et l'assit de force dans la voiture.

— Je te croyais mon ami, tu n'as pas le droit de m'empêcher de travailler. T'es un giton de l'édile, ou quoi ?

Apercevant l'homme en toge assis à l'arrière, il murmura apeuré :

— C'est qui ?

— Un ami qui te paiera ta journée si tu consens à l'aider, dit calmement Marcus en lui tendant quelques pièces de bronze.

— Les amis de Nestor sont mes amis ! riposta le

gamin gouailleur en glissant les pièces avec le reste de son butin dans le sac de toile qui pendait de son épaule.

Lupus leur indiqua sans hésiter le chemin de Banassac. Ils remontèrent le Tarn par la voie des berges.

Chemin faisant, Nestor fit raconter à Lupus tout ce qu'ils savait de Lucter.

— Ton Lucter, il est d'ici ? demanda Marcus.

— Non, il navigue sur une corbita[1] ancrée à Narbo.

— À qui appartient le bateau ?

— À Barcos, bien sûr !

— Barcos ?

— Il est encore plus riche que Floris. On l'appelle le Marchand, mais il n'a pas de boutique. Il vend de la vaisselle aux armées cantonnées sur le Rhin, et avec ses navires, il approvisionne les cités romaines d'Afrique proconsulaire[2]. Mais pour être si riche, il faut être malin. (Lupus eut un petit clin d'œil admiratif.) Il ne vient pas souvent. Avant il descendait chez Floris. Floris, il n'est pas marié, alors, quand Barcos était là, c'était une drôle de foire dans la domus[3] ! des fêtes avec du vin et des filles. Barcos, il traîne toujours avec lui plein de jolies filles. Maintenant, il ne vient plus à Condatomagus, des amis l'ont vu à Banassac chez Germanus. Ça doit être la fête là-bas, vu que Germanus il a répudié sa femme. La matrone et la fille étaient restées à Condatomagus. Depuis le drame, la villa de La Graufesenque est vide. Peut-être que sa femme est venue le rejoindre ?

— C'est ce que nous allons voir, dit Marcus qui

1. *Corbita* : puissant voilier de commerce à coque ronde.
2. Afrique proconsulaire, Province d'Afrique : Tunisie.
3. *Domus* : maison, lieu habituel d'habitation.

ajouta : Bravo, Nestor ! Tu nous as déniché un aide précieux.

Au Rozier, ils quittèrent la rive du Tarn pour emprunter la route des Causses qui allait à Anderitum[1]. Trois heures plus tard, après avoir traversé de pittoresques coteaux de vignes, ils arrivaient à Banassac, un ancien oppidum[2] des Gabales[3].

La cité artisanale, construite au fond d'une vallée, était traversée par une petite rivière, l'Urugne. Dans l'enchevêtrement d'entrepôts, de cours, de venelles, de masures, l'activité était intense.

Une fumée blanche s'échappait du faîte du grand four.

— C'est là qu'habite Germanus ! dit Lupus en pointant le doigt vers une villa encore inachevée, en haut de la butte.

Un mur entourait la propriété. Nestor arrêta la voiture devant le porche. Aussitôt un esclave vint s'enquérir de l'identité des visiteurs et les pria de garer la rheda dans la première cour. Il les accompagna jusqu'au portique de la villa, au bout d'un petit jardin foisonnant de fleurs.

— Attendez là ! Je vais prévenir le maître !

Il revint quelques minutes plus tard et invita Marcus Aper à le suivre. Dans le péristyle intérieur, l'eau d'une fontaine bruissait en retombant dans une vasque de marbre, au centre d'une pelouse. Deux hommes étaient assis à l'ombre, sous le toit d'une galerie. Ils se turent en voyant arriver l'avocat. Le maître de maison,

1. *Anderitum* : Javols.
2. *Oppidum* : bourg fortifié.
3. *Gabales* : population celte de la région de la Lozère.

Germanus, se leva et alla vers lui. Il était de petite taille, ses cheveux longs effleuraient le haut d'un dos légèrement voûté. Il pouvait avoir la quarantaine. Il portait la tunique des artisans et des artistes, une sorte de chemise qui flottait sans ceinture jusqu'à la hauteur des genoux.

— Sois le bienvenu en ma demeure ! dit-il en lui serrant la main.

A peine eut-il le temps de présenter son hôte : « Barcos ! le marchand qui a l'exclusivité de ma production ! » que le Barcos en question salua du bras tendu et s'éclipsa.

Marcus observa attentivement l'homme qui partait. Il ne pouvait, certes, passer inaperçu, c'était un superbe spécimen de la race humaine ! Une très haute ceinture de pierreries serrait une taille fine d'où s'échappaient les plis d'une longue tunique berbère en toile de laine souple et légère. Ses cheveux bouclés et sa barbe noire faisaient ressortir le velours charmeur d'un regard sombre et mystérieux.

— Excuse-moi d'avoir interrompu ta conversation ! dit Marcus en s'asseyant dans le fauteuil d'osier que lui indiquait Germanus.

Il ajouta en suivant des yeux Barcos qui disparaissait sous le porche d'entrée :

— Bel homme !

Germanus eut un petit sourire :

— C'est bien l'avis de toutes les filles d'ici, même de la mienne !

Son visage changea d'expression. Un silence pesant s'installa.

Marcus se lissa la moustache et enchaîna :

— C'est justement de ta fille que je voudrais te parler. Je ne te cacherai pas que Floris est venu me voir à Augustonemetum pour me demander d'être son avocat au cas où tu persisterais à l'accuser d'être responsable de la disparition de ta fille.

— L'immonde individu ! hurla Germanus. Tu ne peux défendre cet assassin ! Ma fille n'a pas disparu ! Il l'a tuée. Et nous savons tous de quelle manière horrible il a tenté de faire disparaître son corps !

— Calme-toi ! Je n'ai pas encore accepté. Je ne le défendrai que si je suis convaincu de son innocence, et pour le moment, je ne comprends rien à ce drame. Si tu veux me convaincre de la culpabilité de Floris, je t'écoute. J'ai besoin que tu me racontes en détail tout ce qui s'est passé, et d'abord les raisons de cette guerre entre Floris et toi.

Germanus faisait de visibles efforts pour surmonter sa douleur :

— Tu as été trompé, je n'ai pas déclaré la guerre à Floris. Depuis trop longtemps, je me sentais exploité. Je suis un artiste, ces poinçons qui décorent mes vases, c'est moi qui les ai créés, modelés. Le jeu de Bacchus et tout son cortège, c'est moi qui l'ai inventé. Tous ces poinçons sont à moi ! Pendant trop longtemps, il m'achetait ma production de vases crus, les cuisait dans son four et les revendait le triple de ce qu'il me les avait payés. Et les vases étaient signés de nos deux noms. Alors j'ai regardé autour de moi, de nouvelles officines se créaient dans la région, au Rozier, à Banassac. À Banassac, les argiles étaient bonnes, à côté de l'atelier, il y a une source et l'eau de l'Urugne. Les résineux ne manquent pas aux alentours. J'ai décidé de construire mon four à moi.

« Floris a joué les protecteurs, il a prétendu qu'il allait m'aider et il a exigé que nous soyons associés. Les premières productions ont encore été signées de nos deux noms « FL GER ». Mais il désavantageait Banassac. Il écoulait la marchandise de La Graufesenque et Banassac restait avec des invendus jusqu'au jour où Barcos est venu me proposer un contrat d'exclusivité à la condition que je sois seul à traiter avec lui. Dès lors, je n'avais plus besoin de Floris, surtout que j'avais bien compris que ce n'était pas pour m'aider, mais pour couler Banassac qu'il avait fourré son nez dans mes affaires. Les commandes affluaient et j'ai signé « GERMANUS ». J'étais heureux et fier. Barcos a trouvé des clients un peu partout : sur les bords du Rhône, du Rhin, du Danube, à Pompéi, jusqu'à Antioche, et en Afrique proconsulaire ! Tous ceux qui avaient travaillé pour moi à La Graufesenque sont venus me rejoindre.

« Floris ne décolérait pas. Il a fait faire des surmoulages de mes poinçons. Les contours des reliefs sont devenus mous, abâtardis et ses vases de la camelote ! Barcos l'a complètement laissé tomber. Floris m'a tenu pour responsable de la décrépitude de son officine. Il n'est pas un artiste, lui ! et il n'avait qu'à savoir s'attacher un véritable artiste comme moi ! S'il y a eu guerre, c'est lui qui l'a déclarée. Il a payé des vauriens qui venaient la nuit saccager mes ateliers et mes vases prêts à l'enfournement. Jusqu'aux chariots de livraison qui ont été attaqués sur les routes ! J'ai dû engager des gardes pour protéger mes biens.

« Et puis, ça s'est tassé, il a trouvé de nouveaux marchands qui payaient moins cher et qui se contentaient de sa production de deuxième choix. Je croyais la guerre finie. Mais Floris avait détruit mon ménage. Ma femme a toujours détesté Barcos. Il était entre nous le sujet d'incessantes disputes. Ma femme et moi, nous sommes séparés. Elle a refusé de s'installer à Banassac. Ma fille unique, ma pauvre petite Julia, en a beaucoup souffert. Elle était souvent ici avec moi. Elle était si jolie ! À chaque fois que Barcos arrivait, il la couvrait de cadeaux qu'il rapportait de ses voyages : des étoffes, des bijoux d'or !

Marcus, la tête dans les mains, avait l'air de dormir. Aucun détail ne lui avait pourtant échappé. Il bondit :

— Des bijoux en or ?

— Elle n'aimait que l'or ! Elle ne portait que des pendants d'oreilles, des bracelets, des bagues en or !

— Elle portait bien aussi des bijoux en bronze ?

— Non ! elle les avait tous donnés.

— On n'a pas retrouvé d'or dans le four de Floris !

— Tu penses bien que son assassin a volé l'or !

Les yeux de Germanus s'emplirent de larmes :

— Excuse-moi ! Je ne trouverai de repos que lorsque ma Julia sera vengée. Je veux voir Floris mort !

Il se leva. C'était un vieillard qui traînait les pieds vers le seuil. Marcus commençait à comprendre les raisons de la rage de Floris. Mais pourquoi aurait-il tué Julia ? Cette vengeance ne pouvait rien lui rapporter. La seule satisfaction de voir son triomphateur anéanti ? Il dit d'une voix sourde, chaleureuse :

— Tu es seul ici ? Où est ta femme ?

— Depuis la disparition de notre fille, elle est revenue près de moi. Elle est malade. Elle déraisonne et ne quitte pas sa chambre.

— Pourrais-je la voir ?

— Pas ce soir ! Je lui ai donné une décoction de clématite pour la calmer. Elle dort.

Il sortit, plantant là son hôte.

Marcus retrouva Nestor et Lupus qui jouaient aux dès dans la rheda.

— Trouve-nous une taverne pour souper et dormir.

— On dort ici ! grogna Nestor. Et demain, qu'est-ce qu'on fait ? Je continue à me faire plumer aux dès par ce petit voyou ?

— Demain, pendant que j'irai voir l'épouse de Germanus, vous me retrouverez ce Barcos et vous m'arrangerez une entrevue !

— La femme de Germanus ! Je me doutais bien que pour avoir été si longtemps absent, il devait y avoir une fille là-dessous !

L'avocat et ses deux acolytes se retrouvèrent, à l'aube, attablés dans la salle de la taverne, devant un substantiel plat de cochonnaille. La femme de l'aubergiste apportait des bols de lait caillé, des galettes et des pichets de cervoise en un incessant va-et-vient, histoire de glaner des bribes de conversation. Le moins que l'on puisse dire est que Marcus et Nestor, après avoir fait le point de la situation, n'en tiraient pas les mêmes conclusions.

Pour Nestor, aucun doute possible, Floris avait tué, ou fait tuer, la fille de Germanus pour se venger. Il fit admettre à Marcus que Germanus avait sciemment causé la ruine de Floris. Mais Marcus n'en démordait pas, ce n'était pas le corps de Julia qui avait été incinéré dans le four ! Tout portait à croire qu'il s'agissait du corps de Rosa, la petite esclave disparue avant d'être conduite à Atelia.

— Mais pourquoi aurait-elle été brûlée dans le four de Floris ? Qu'est-ce que Floris vient faire là-dedans ? grognait Nestor.

— Et si vous le demandiez à Lucter ? dit sournoisement Lupus.

— Lucter ? Qui est-ce ? interrogea Marcus en levant les yeux aux ciel.

— Une relation à moi ! reprit le gamin avec un air d'importance. Un homme à la solde de Barcos.

Marcus se leva, donna une tape amicale sur l'épaule de Nestor et se retourna avant de sortir :

— Bon, voilà du travail pour vous, jeunes gens ! Trouvez-moi Barcos, Lucter et, pendant que vous y êtes, le mystérieux individu qui devait conduire Rosa chez Atelia !

— Autant chercher une fibule dans une botte de foin ! marmonna Nestor.

Germanus était déjà à l'officine quand Marcus se présenta à la villa. Deux esclaves, faisant barrage sur le perron, prétendirent que la maîtresse de céans était dans un état de santé qui lui interdisait toute visite.

Par la porte entrouverte, Marcus vit arriver en courant une fragile silhouette enroulée dans des voiles couleur de poussière. Des femmes essayaient de la retenir, d'autres se précipitaient à sa poursuite en criant :

— Le maître ne veut pas que vous sortiez ! Le maître veut que vous gardiez la chambre ! Vous ne devez parler à personne !...

Marcus, d'un coup droit et d'un direct du gauche, se débarrassa des deux cerbères, franchit le seuil et saisit le bras décharné de l'épouse de Germanus. Les servantes terrorisées n'osèrent broncher.

— Où pouvons-nous parler calmement ? dit-il en lâchant le bras de la dame et en s'inclinant respectueusement.

— Viens dans ma chambre !

La chambre en question n'avait rien d'un nid d'amour conjugal. La lumière ne pénétrait dans le réduit que par une tenture qui le séparait de la cour intérieure. Une banquette murale servait de lit, des objets de toilette traînaient sur un guéridon rond, des tuniques et des châles s'empilaient dans un coffre ouvert. Ils fermèrent la tenture et, dans la pénombre, ils s'assirent côte à côte sur la banquette. Elle parla d'une voix feutrée et hésitante, entrecoupée de soupirs :

— Je ne dormais pas, hier. J'ai entendu votre conversation. Je savais que tu reviendrais ce matin, je te guettais. Il faut que je te parle !

Elle reprit son souffle. La vue de Marcus s'adaptait à la semi-obscurité. Il distingua le teint terreux, le regard embrumé et les yeux cernés de bleu de son interlocutrice .

— Je t'écoute !

— Il me faut faire un grand effort pour rassembler mes idées. Germanus, sous prétexte d'endormir mon chagrin, me fait boire d'horribles tisanes qui me chavirent l'esprit. C'est de ma fille que je veux te parler. (Elle passa sa main sur son front humide.) Non, d'abord, c'est de son père... Germanus ! C'était un homme merveilleux, un artiste ! Il était doux et tendre ! C'est un ancien esclave affranchi. Mon père à moi était un pérégrin, un homme libre. Il était bon, il a accepté que je fasse un mariage d'amour parce qu'il avait de l'estime pour celui qui lui avait demandé ma main. Germanus gagnait bien notre vie à La Graufesenque en travaillant pour Floris. Nous étions heureux et nous avons eu notre petite Julia. Une si belle petite fille ! Rien n'était trop beau pour elle ! Son père a voulu l'élever comme une fille de riches. La fille du duovir[1] de Condatomagus avait un précepteur qui lui donnait des cours d'écriture et de lecture. Mon mari s'est arrangé pour que la femme du duovir me demande de lui conduire Julia chez elle pour qu'elle étudie avec sa fille. Là-bas, la petite a pris des

1. *Duovir* : l'un des deux magistrats suprêmes de la cité.

goûts de luxe. Germanus dépensait à tort et à raison pour satisfaire les caprices de sa fille. Il s'est mis à jalouser la fortune que Floris accumulait en exploitant ses œuvres. Il n'avait plus qu'une obsession : avoir son four à lui !

« C'est là que Barcos est entré dans notre vie. C'est lui qui est la source de nos malheurs ! Je ne pouvais plus raisonner mon mari, il est devenu fou, fou d'ambition ! Lui et sa fille étaient envoûtés par ce Barcos. Ils ne voyaient pas sa sournoiserie, ses mensonges ; ils étaient épatés par sa faconde, ses bijoux, ses belles étoffes ! Ils l'écoutaient béatement. Lui se sentait déjà un notable riche et respecté, elle une princesse régnant dans un domaine merveilleux entouré de sable sous un ciel toujours bleu. Barcos la regardait d'une façon que je n'aimais pas et elle aussi le dévorait des yeux. Il fallait que tout cela finisse. Quand la villa que Germanus faisait construire à Banassac a été habitable, j'ai décidé que Julia et moi resterions à La Graufesenque. Mais la vie que je lui offrais ne lui convenait plus. Son père est venu la chercher.

« Je suis restée seule là-bas à pleurer, jusqu'au jour où un esclave est venu m'annoncer que Julia avait disparu. Et il m'a emmenée de force chez mon époux. Ici, je suis prisonnière ! Germanus est fou d'orgueil et fou de désespoir d'avoir perdu sa fille qu'il adorait. C'est Barcos qui lui a mis dans la tête que c'était Floris qui avait assassiné Julia pour se venger de sa réussite. Je ne crois pas que Floris l'ait tuée. Il est violent en paroles, il s'est fait beaucoup d'ennemis, mais ce n'est pas un criminel. On a fait des battues dans toute la région, Julia n'a pas été retrouvée, mais j'ai vu les dents qu'ils ont ramassées dans l'alandier. Je n'ai plus d'espoir, ma petite fille est morte et moi je veux mourir. Jure-moi que tu trouveras son meurtrier et qu'il sera puni !

Elle s'effondra en sanglots. Marcus l'allongea sur la banquette. Il s'apprêtait à quitter la chambre quand il remarqua, sur le guéridon, parmi les objets de toilettes, un petit médaillon de bois de forme ovale. Un buste de jeune fille y était peint à la cire polychrome. Il glissa le médaillon dans sa bourse et disparut de l'autre côté de la tenture.

Dans le péristyle, il se heurta à Germanus qui se mit à hurler :

— On est venu me dire que tu avais forcé ma porte ! Hors de chez moi ! Comment as-tu osé troubler le repos d'une malade ? Hors de chez moi !

Marcus posa ses mains sur les épaules de Germanus :

— Je te plains ! Je t'aiderai malgré toi !

Marcus se retrouva dans les rues de Banassac, sans voiture, sans cheval et sans la moindre idée du lieu où Lupus avait pu entraîner Nestor.

Marcus passa par la taverne. Il lia connaissance en offrant quelques cervoises. En allégeant sa bourse de quelques sesterces, il trouva un brave ivrogne qui lui proposa de le conduire en carriole jusqu'à Condatomagus.

La mule trottait d'un bon pas, mais Marcus était de mauvaise humeur. Il ne pouvait s'empêcher de penser que la journée était fichue ; il n'arriverait pas avant le coucher du soleil. Il se mit à somnoler. C'est d'ailleurs dans cet état à mi-chemin entre la pensée consciente et le rêve que s'imposaient à lui les visions qui le mettaient sur la bonne piste. Il vit Julia vivante ! Cette seule idée le réveilla tout à fait. Il était certain de faire fausse route.

Il cherchait un assassin, alors qu'il lui fallait retrouver Julia. Il sortit le petit médaillon de sa bourse. Le peintre était maladroit, aucun caractère, aucun signe particulier ne se dégageait de cet ovale encadré de cheveux longs, blonds et ondulés. Enfin, il savait qu'elle n'était pas brune ! et son père et sa mère la disaient jolie.

Il fallait faire reposer la mule, et le phaéton geignait qu'il mourait de soif. Ils s'arrêtèrent à la *maison rouge* avant d'arriver au Rozier. Il avala une cervoise et partit se dégourdir les jambes sur les bords du Tarn. Quelques jours de canicule et de sécheresse avaient suffi à faire reprendre à la rivière son cours normal. Les berges étaient boueuses. Des racines, des branches s'étaient échouées dans la boue. Il s'immobilisa net : à trois pieds de lui, là, dans un amas de branchages gisait un corps humain. Il se précipita.

Ce n'était pas beau à voir ! La mort devait remonter à plusieurs heures, voire plusieurs jours. Le haut du corps, maintenu hors de l'eau par des branches, se décomposait au soleil. Une grappe de mouches festoyait dans une énorme plaie à la base du crâne. La même plaie que celle de l'aubergiste du *Coq Noir*. Le malheureux avait dû être jeté à l'eau une fois mort. L'homme portait une aumônière à son ceinturon. Marcus ouvrit le fermoir. Quelle ne fut pas sa surprise de découvrir une grosse perle d'ambre suspendue à un lien de cuir ! Cette perle d'ambre faisait de ce vagabond un assassin ! L'assassin de la petite Rosa.

Marcus remonta vers l'amont de la rivière. Il avait complètement oublié la carriole, la mule et le cocher.

« Stupide ! se dit-il, le criminel ne m'a pas attendu ! »

A une centaine de pieds, à moitié cachée par les taillis, il découvrit une cabane de feuillages. Il s'approcha.

Aucun bruit, la cabane avait l'air d'être abandonnée. Il poussa la porte de planches et crut pénétrer dans le Trésor du temple de Delphes ! Des candélabres, des plats, des cratères, des œnochoés de bronze, des sacs ventrus s'entassaient un peu partout. Il venait de pénétrer dans la cache d'un voleur. Le cadavre n'était rien d'autre qu'un règlement de comptes entre voyous !

Soudain, il entendit un ronflement. Il alla, pour laisser pénétrer la lumière, rouvrir la porte qui s'était refermée. Il aperçut le dormeur qui était enroulé dans une pèlerine à capuchon, sur la terre, au milieu du bric-à-brac. Il se jeta sur lui pour l'immobiliser et lui plaqua les deux épaules au sol. L'homme se réveilla en sursaut et poussa un rugissement terrible. Il était chauve, sale et barbu !

— Floris ! murmura Marcus hébété, en lâchant sa proie.

L'autre en profita pour se relever d'un bond et filer vers la porte. Marcus plongea en avant, lui attrapa les chevilles et le fit tomber.

— Laisse-moi partir ! hurla Floris. Je n'ai pas fini mon travail !

Les cris et les coups se répondaient. Floris était fort comme un bœuf, mais Marcus était plus jeune et plus rapide. Floris atterrit, sonné, dans un amas de ferraille. Debout devant lui, bien planté sur ses jambes écartées, Marcus reprit calmement la conversation :

— Ton travail ? Qui as-tu encore à tuer ? Alors, ils avaient raison, tu es un meurtrier ?

— Je n'ai tué personne ! De qui parles-tu ?

— Du type que j'ai trouvé mort, en aval sur la berge ! Ce n'est peut-être pas toi qui l'as tué ?

— Non ! Ce n'est pas moi. Je n'ai pas de poignard je n'ai jamais eu de poignard !

— Comment sais-tu qu'il a reçu un coup de poignard ?

— Je ne l'ai pas tué. Il faut me croire, il faut que tu m'aides ! Si tu ne me crois pas, si tu ne m'aides pas, je suis perdu !

— Pour que je puisse t'aider, il faut que tu me dises tout et que tu cesses de te conduire en coupable ! Pourquoi n'es-tu pas resté à Augustonemetum ?

— Je voudrais t'y voir ! Quand tu es accusé d'un meurtre que tu n'as pas commis, tu as envie de comprendre, non ? Le seul homme qui savait tout était le tavernier du *Coq Noir*. Il avait des antennes partout ! J'ai pensé que lui devait vraiment savoir ce qui s'était passé. Et j'avais raison. Je l'ai vu la nuit avant sa mort. Des gens ont dû nous surprendre ensemble, et c'est pour cela qu'on l'a tué. Maintenant, l'édile cherche à me mettre le grappin dessus et les autres veulent me faire taire définitivement.

— Les autres ? Quels autres ?

— Ceux qui se sont débarrassés de l'aubergiste et du propriétaire de cette cabane.

— Je ne vois pas le rapport ?

— C'est l'aubergiste qui m'avait indiqué cette cabane. Il m'avait dit que j'y trouverai un homme qui en savait long sur le cadavre qu'on avait brûlé dans mon four. Il avait entendu une conversation. Si j'étais resté en quarantaine chez tes Arvernes, je n'aurais rien su ! Je ne pouvais tout de même pas aller chez l'édile pour demander à te voir ! Je serais déjà dans un cul-de-basse-fosse .

— Pourquoi as-tu fui quand je t'ai retrouvé au *Coq Noir* ?

— J'allais m'éterniser, pour qu'on me reconnaisse ?

— L'édile sait que tu es dans les parages. Et maintenant on va t'accuser de trois crimes !

Floris haussa les épaules :

— Donc, je suis venu ici et j'ai trouvé le cadavre du type que je cherchais ! Je l'ai jeté dans le Tarn et je me suis dit que ses assassins ne reviendraient pas de sitôt.

— L'assassin, tu l'as vu ?

— Je te l'ai déjà dit, non ! L'aubergiste m'avait raconté que le propriétaire de cette cabane devait livrer une fille à la loueuse d'esclaves et que la fille avait disparu.

— La loueuse d'esclaves, Atelia ?

— Oui !

— Floris, je crois que tu n'as pas tué la fille de Germanus. Mais je t'en prie, ne te mêle plus de rien. Comme par hasard, à chaque fois qu'il y a eu un crime, tu étais là. Si l'édile t'arrête aujourd'hui et si tu passes en jugement, je n'arriverai pas à prouver ton innocence. Il faut que tu disparaisses. Laisse-moi rechercher le coupable.

— Si tu veux vraiment le trouver, regarde du côté de Germanus. Il est capable de tout pour me ruiner.

— Même de tuer une fille qu'il adore pour te faire endosser le crime ?

— Macarel ! Je m'échine à te faire comprendre que ce n'est pas sa fille qui a brûlé dans mon four !

— Peut-être !

— Et moi, si j'avais voulu me venger de lui, c'est dans son four à lui à Banassac, pas dans le mien à La Graufesenque, que j'aurais fais rôtir la fille. Tu es plus entêté qu'une mule ! Laisse-moi m'occuper de mes affaires !

Floris bouscula Marcus et se sauva en courant. Marcus

le rattrapa, l'assomma d'un coup de poing et le ligota avec les cordes qui fermaient les sacs.

Il le laissa dans la cabane et retourna à la *maison rouge*. Le propriétaire de la carriole, affalé sur une table, dormait, ivre mort. Marcus se garda bien de le réveiller, sauta dans la carriole et revint à Condatomagus aussi vite que la pauvre carne le lui permettait.

Le jour baissait quand il retrouva Nestor en train de festoyer dans la cuisine de l'édile. Son nouvel ami, Lupus, dégustait avec ravissement un plat de sa composition. Il avait mélangé dans la même assiette : légumes au vinaigre, viande bouillie et crème aux œufs sucrée avec du miel.

— Alors, dit Marcus, j'attends le résultat de votre enquête ?

Nestor prit un air d'importance et, certain que son maître allait enfin le féliciter pour son efficacité, il annonça :

— Je sais où trouver le voyou qui a tué Rosa ! il habite dans une cab..

— Il est mort ! interrompit Marcus.

— Parfois, je me demande à quoi je sers ! grogna Nestor en faisant valser son bol de crème à l'autre bout de la table.

— Et les autres ? demanda Marcus, sans prêter attention à la mauvaise humeur de son factotum.

— Les autres ? L'édile et tout ce qui compte dans la cité et les environs, ils sont tous conviés cette nuit chez Atelia. Il paraît qu'après chaque marché aux esclaves, elle donne une fête pour entretenir de bonnes relations avec ses clients. Tu trouveras là-bas tous les gens que tu cherches.

— Bien ! Tu n'as pas perdu ta journée !

— Moi, si ! riposta Lupus. Les jours de marché, je fais mon beurre pour le mois. Je n'ai pas pu travailler !

— Eh bien, disons, quinze sesterces par jour, si tu restes à mon service, ça te va ?

— Je ne te quitte plus, patron !

Le gamin avait décroché le pactole !

Marcus s'assit, lui versa une avance et se servit une cervoise :

— J'ai une mission pour vous. Vous allez partir à la *maison rouge* du Rozier. Toi, Nestor, avec la rheda, toi, Lupus, avec la carriole qui est dans la cour de l'immeuble. Vous rendrez sa carriole et sa mule au vieil ivrogne qui dort dans l'auberge. Après, vous irez chercher Floris qui est ligoté dans la cabane du voyou au bord du Tarn. Toi, Lupus, tu te débrouilleras pour revenir le plus tôt possible. Je t'attends ici à l'aube. Nestor, tu ramèneras Floris chez nous à Augustonemetum. Tu donneras des ordres pour qu'on le surveille nuit et jour. Il ne doit plus s'échapper.

— Et je reviens quand ?

— Le plus vite que tu pourras.

— Tu parles d'une mission ! marmonna Nestor. Alors, c'est Floris qui a buté le propriétaire de la cabane ? J'ai tout de suite vu que c'était un homme dangereux. On ferait mieux de le livrer à l'édile. Tu ne vas pas cacher un assassin chez toi ?

— Fais ce que je t'ai dit !

— Sois tranquille ! Il restera ligoté pendant tout le voyage.

Nestor était déjà sur le seuil de la porte, il se retourna et jeta un regard réprobateur sur le sayon déchiré de son maître :

— Tu ne vas pas aller chez Atelia dans cet accoutrement ?

— Viens vite me draper une toge et après, dépose-moi à Ateliacum, se contenta de lui répondre Marcus.

Aussi loin que Marcus put fouiller dans sa mémoire, il ne se souvint pas avoir jamais rien vu qui ressemblât au domaine d'Atelia. Un village hétéroclite, un espace cauchemardesque. Une juxtaposition d'habitats frustes imaginés par les ethnies les plus diverses : des huttes rondes couvertes de chaume, des baraques de planches, des burons en pierres sèches, des bicoques en torchis. Devant chaque porte, parlant des dialectes différents, des hommes buvaient, se battaient, jouaient aux dés. Autour de ce curieux pagus, des gardes, tenant des molosses en laisse, faisaient leur ronde. Et, là-bas, au bout, en bordure de la Dourbie, derrière son muret et sa pelouse, la demeure de la souveraine des lieux. Les baies de la galerie et les fenêtres du premier étage scintillaient de lumière. Deux jeunes filles habillées en garçons accueillirent Marcus sous le portique. Elles refermèrent derrière lui la lourde porte de chêne, puis deux ravissantes donzelles en voiles transparents vinrent l'accueillir et l'accompagnèrent jusqu'à leur maîtresse. Sur un plancher de bois posé sur un bassin, des filles fort dévêtues dansaient au rythme d'un orchestre de femmes. Tout le tour du péristyle, des méridiennes étaient adossées au mur. Marcus traversa le jardin intérieur sans que les couples enlacés le remarquent tant ils étaient occupés par leurs douces caresses. De jeunes esclaves, en voiles mauves ou couleur safran, passaient de temps à autre pour remplacer une coupe vide par une coupe pleine ou présenter une assiette de friandises.

Soudain, Marcus sentit que l'on tirait le pan de sa toge. Il se retourna ; Primus, nonchalamment alangui dans les bras de son giton, lui désigna l'assemblée d'un grand geste de la main :

— Dégoûtant toutes ces paires de seins, non ?

— Question de goût ! riposta Marcus.

Il arrivait devant la méridienne où, seule, allongée dans de pudiques voiles noirs brodés d'or, trônait Atelia entourée d'admirateurs accroupis à ses pieds. Elle se recroquevilla pour lui faire une place à côté d'elle.

— Viens ! J'espérais ta visite !

Il ne reconnaissait pas la femme d'affaires qu'il avait rencontrée en voiture.

Elle parlait d'une voix suave mâtinée de reproches :

— Où étais-tu passé ? Je t'ai attendu à la ferme du père de Rosa. J'ai chargé notre édile de t'inviter à ma fête. Il a prétendu que tu avais disparu ! J'ai craint que tu ne sois reparti pour Augustonemetum.

— Sûrement pas avant d'avoir trouvé la clef de mon énigme.

— Ce soir, tu es là pour te distraire et ce n'est pas ici que tu trouveras cette clef !

Elle tendit sa coupe à Marcus. Le vin lui était trop galamment offert pour qu'il ose réclamer une cervoise ! Il but et elle finit la coupe. Leurs visages se rapprochèrent et elle murmura :

— Satisfais mes caprices cette nuit ! Demain je t'aiderai, je le peux !

Atelia imagina un jeu pour animer son petit groupe. Chacun à son tour devait raconter une histoire galante qui lui était arrivée. Elle promit de récompenser le conteur le plus croustillant en lui offrant l'esclave de son choix. Marcus fouilla du regard toute l'assistance. Barcos n'était pas là. Quant à son homme de main, ce Lucter dont lui avait parlé Nestor, il ne le connaissait pas. Mais ce ne devait pas être le genre d'individu qu'invitait Atelia.

Les cinq hommes assis à leurs pieds avaient chacun raconté une histoire. Marcus craignait que son tour ne soit venu. Mais Atelia se leva et dit :

— Chers amis, vous fûtes si brillants qu'il serait injuste qu'un seul d'entre vous l'emporte. Choisissez chacun une de mes filles, et que cette nuit vous donne l'occasion de raconter votre plus belle aventure !

Elle tira Marcus par la main et l'entraîna dans la chambre qui était derrière la tenture.

La flamme vacillante d'une lampe à huile auréolait Atelia d'une clarté irréelle. Elle ôta les longues épingles de bronze qui retenaient son chignon. Ses cheveux couleur de noisette ruisselèrent sur ses épaules. Elle laissa glisser son châle d'or. Elle était là, debout, immobile, face à Marcus. Il la regarda, dans la tunique moulante qui laissait deviner son corps, elle paraissait si fragile, si jeune ! Sûrement plus jeune qu'elle ne l'était. Il sentit une chaleur subite l'embraser. Lorsqu'il s'approcha d'elle, elle posa ses bras autour du cou de Marcus ; elle sentait le jasmin. Il la souleva de terre et la déposa sur le lit. Elle murmura :

— Aime-moi, Marcus ! aime-moi.

Et dans un souffle, elle chuchota :

— Il y a si longtemps...

Leurs corps semblaient avoir été conçus l'un pour l'autre. Toute la nuit ils s'aimèrent, leurs caresses engendrant leur plaisir et leur plaisir renouvelant leur désir.

La clarté du jour filtrait en haut et en bas de la tenture. Marcus ouvrit un œil. Atelia, vêtue d'une austère tunique de matrone respectable, était assise au bord du lit. Elle le regardait. Il voulut parler ; elle lui posa un doigt sur la bouche, l'embrassa et dit :

— Je ne suis pas une femme pour toi, Marcus. Mais sache que je n'ai pas honte de mon métier, je suis fière de ma réussite. Tout le monde me respecte et me craint ici. Pas un de mes clients ne peut se vanter de m'avoir tenue dans ses bras.

— Mais, Atelia, je ne te demande rien !

Elle enchaîna avec un petit sourire triste :

— Je sais, je sais... J'ai envie de te parler de moi, comme ça, parce que cela me fait du bien, parce que cela ne m'arrive jamais. J'ai aimé un homme, il y a longtemps, bien longtemps. Nous étions fiancés. Il est mort à l'armée. Alors je me suis débrouillée toute seule. Il n'y a rien d'autre, presque rien d'autre à dire. Mais toi, pourquoi n'es-tu pas marié ?

— J'aime trop mon métier ! (Il trouva cocasse d'employer le même mot qu'Atelia pour définir des occupations si différentes.) Et j'aime trop les femmes ! Pourquoi en rendre une malheureuse ? Elle passerait sa vie à m'attendre.

— Je crois que c'est la seule chose qui me manque, avoir à attendre l'homme que j'aime ! Reviens, Marcus ! Je t'attendrai.

Les servantes avaient déjà remis la villa en ordre. Comme de vieux amis, Marcus et Atelia prenaient le repas du matin dans le péristyle. Elle avait retrouvé son ton sec de femme d'affaires :

— Pourquoi ne m'as-tu pas dit que tu cherchais Barcos ? Je ne l'invite jamais. C'est un concurrent. Son homme de main, Lucter, achète pour lui des esclaves, surtout des filles qu'ils placent dans des maisons de plaisir en Province d'Afrique. Si tu veux le rejoindre, fais vite ! Il a pris la route pour Narbo avec son chargement de vin, de céramiques et de filles.

— Je n'ai plus de voiture ! dit Marcus. J'ai renvoyé Nestor à Augustonemetum.

Atelia donna des ordres pour qu'on attelle sa carruca et le reconduisit jusqu'à la voiture.

— Chez l'édile ! cria Marcus.

— Fais attention à toi ! Barcos est un homme dangereux.

Elle lui fit un petit signe du bout des doigts.

— N'aie pas d'inquiétude, je viendrai te rendre ta voiture !

Marcus remarqua un étrange sourire sur les lèvres d'Atelia. Était-elle fière de sa conquête ou soulagée par ce départ ?

En arrivant chez l'édile, Marcus trouva Lupus qui était déjà de retour. Primus sortait de sa chambre, flanqué de son giton. Marcus parla à l'édile du cadavre du Tarn. En remerciement de cette information, Primus lui annonça que Floris avait été reconnu au *Coq Noir*. Bien sûr, Marcus ne souffla mot de sa rencontre avec Floris. Avec un parfait accent de sincérité, il précisa :

— Allons, ne sois pas stupide ! Floris est chez moi à Augustonemetum. D'ailleurs, il n'est pour rien dans l'affaire du corps brûlé dans son four. Ce corps ne peut être que celui de Rosa. Et le cadavre du Tarn ne peut être que celui du violeur et assassin de Rosa. Il ne reste plus qu'à prouver que c'est bien cet homme qui devait conduire Rosa chez Atelia.

— Un détail ! gloussa Primus.

— Mais qu'est devenue la fille de Germanus ? Et qui a tué l'assassin de Rosa ? Voilà ce qui me reste à découvrir.

Primus hurla de sa voix criarde et pointue :

— Et je te dis, moi, que Floris s'est vengé de Germanus en faisant brûler sa fille ! et qu'ensuite, il a éliminé ses complices. Je sais qu'il est ici et je le trouverai ! Mes hommes patrouillent à plus de dix milles à la ronde. Floris sera jugé et tu le défendras si tu le peux !

Sans répondre, Marcus sortit avec Lupus. Ils montèrent dans la carruca. Primus les suivait en trottinant.

— Où vas-tu ?

— Ça ne te regarde pas !

Avant que la voiture ne démarre, Marcus donna quelques pièces au gardien de l'immeuble qui lavait le pas de la porte et lui demanda de remettre à Nestor la tablette de cire qu'il sortit de sa bourse et grava à la hâte : « Je vais à Narbo. Rejoins-moi ! Je cherche Barcos et Lucter. » C'était bien vague, mais il n'en savait pas plus !

Le concierge ne risquait pas de commettre d'indiscrétion, il ne savait pas lire. Il regarda la voiture s'éloigner. Lupus était stupéfait :

— Nestor sait lire ?

Marcus éclata de rire :

— Oh ! ça n'a pas été facile, mais j'ai réussi à lui apprendre ! Il me sert aussi de secrétaire, il ne te l'a pas dit ?

— Il m'a dit qu'il était ton ami.

— Il a dit vrai ! conclut Marcus.

À la *maison rouge* du Rozier, tout ne s'était pas exactement passé comme l'espérait Marcus. Lupus et Nestor avaient arrêté chacun leur voiture devant l'auberge. Ils allaient entrer quand ils virent un chariot de transport tiré par quatre chevaux qui était sur le point de prendre la route. Nestor bouscula Lupus :

— Va voir ! S'il va à Condatomagus, monte ! Maître Aper a besoin de toi. Je me débrouillerai tout seul.

Lupus courut vers le cocher. Ils échangèrent quelques mots et Lupus fit un signe affirmatif à Nestor. Celui-ci pénétra donc dans l'estaminet à la recherche du propriétaire de la carriole. Il n'y avait pas d'ivrogne endormi. Un drôle de petit bonhomme avec un gros nez rouge se débattait, malmené par quatre sbires de Primus. Il hurlait :

— Je vous dis qu'il a volé ma voiture ! Il m'avait demandé de le conduire à Condatomagus, et le temps de boire un pichet, il a disparu avec la carriole et la mule.

— Tu le connaissais ?

— Non !

— Comment était-il ?

— Il n'était pas d'ici !

— Tu connais Floris ?

— Non ! Il est d'ici ?

— Non ! De La Graufesenque !

— Connais pas ! Je veux qu'on me rende ma voiture !

— Tu ne comprends pas qu'on cherche un homme et que c'est sûrement lui qui a volé ta voiture. Aide-nous à le retrouver et on te rendra ta carriole ! Comment était-il ?

— Qui ?

— L'homme qui a volé ta voiture, âne bâté ! cria un des gardes en envoyant un coup de poing dans l'estomac du pauvre type.

Nestor pensa qu'il était temps d'intervenir. Il garda ses distances et s'adressa aux sbires :

— Vous me reconnaissez ? Je suis Nestor, l'affranchi de Marcus Aper. C'est mon maître qui a emprunté la voiture de cet homme. Il ne l'a pas volée, il l'a louée. Il m'a chargé de lui rendre sa carriole. Elle est devant la porte. Je ne pense pas que maître Marcus Aper soit l'homme que vous cherchez ! Alors, l'incident est clos et je paye la tournée !

Bien que cette discussion l'eût assoiffé, l'ivrogne ne put s'empêcher d'aller s'assurer qu'il avait bien récupéré sa propriété.

Nestor s'exécuta, et offrit une cervoise à chacun des gardes.

— Comment vas-tu rentrer ? dit l'un d'eux en riant. Je peux te prendre en croupe !

— Inutile ! J'ai la rheda de mon maître. D'ailleurs, je ne vais pas à Condatomagus.

— Et où vas-tu ?

— À Augustonemetum !

Nestor n'en menait pas large. Il se serait bien passé des sbires de Primus. Un blond à l'air vicieux commença à le titiller de questions. Enfin, le retour du propriétaire de la carriole fit diversion. On lui servit à boire, on porta des toasts et Nestor en profita pour s'éclipser.

Il dévalait vers les berges du Tarn sans s'apercevoir que, tout en se dissimulant derrière les arbres, les gardes le suivaient.

Enfin, il trouva la cabane. « Maintenant, se dit-il, il va falloir décider Floris à retourner à Augustonemetum ! » Il pensait que les hommes de l'édile étaient déjà sur la route de Condatomagus. Il poussa la porte et vit Floris, mains et pieds liés, qui dormait la tête posée sur un sac. Il le réveilla :

— Je suis venu te chercher, mon maître veut que tu retournes chez lui ! Il n'y a que là que tu seras en sûreté. Je te détache, si tu me jures que tu ne tenteras pas de t'échapper. Tu dois nous faire confiance !

— Bon ! Bon ! dit Floris. Foutons le camp d'ici !

Nestor avait à peine eu le temps d'ôter les liens que les sbires, poignards en main, faisaient irruption dans la cabane.

— Tiens, tiens ! Floris ! ricana le blond vicieux. Au nom de l'édile, je t'arrête !

Nestor était pétrifié. Le blond poursuivit :

— Toi, Nestor, tu peux partir. Je n'ai pas reçu d'ordre te concernant.

Floris ne semblait pas d'humeur à se laisser faire, il se débattait et hurlait. Les quatre jeunes gens eurent vite fait de le mater. Ils le menacèrent de leurs armes, lui lièrent les mains derrière le dos et l'embarquèrent.

Floris continuait de crier :

— Vous n'avez pas le droit ! Je veux mon avocat ! Je suis innocent !

— Alors, pourquoi te cachais-tu ici ? aboya un sbire.

— Qu'on aille prévenir mon avocat ! Je veux voir Marcus Aper !

Nestor courut jusqu'à la rheda, fouetta ses chevaux et leur imposa la cadence du courrier impérial. Quand il arriva devant l'immeuble de Primus, le concierge lui tendit la tablette de cire. La lecture du message s'accompagna d'une grimace.

— Tu ne montes pas ? lui demanda le concierge, si tu veux voir l'édile, il est à la curie.

— Pas envie de le voir ! grogna Nestor. Je ne veux pas gâcher son plaisir. Il va recevoir une visite qui va le combler de joie ! Tu sais dans quelle voiture Marcus Aper est parti ?

— Dans la carruca d'Atelia. Mais dis-moi où tu vas !

Nestor ne répondit pas. Qu'aurait-il pu répondre ?

Qu'il allait sur la route de Narbo, à la recherche de son maître, qui était lui-même à la recherche de Barcos... Et, quand il l'aurait retrouvé, s'il le retrouvait, comment allait-il lui annoncer que Floris avait été arrêté par les sbires de Primus ?

Marcus avait pris la seule route qui existât pour Narbo Martius. Cette grande voie, de plus de vingt pieds de large, allait de Segodunum à Luteva[1] et rejoignait ensuite la via Domitia. Sa surface était dallée, et ses fondations constituées de hérissons de pierres posées à sec et de couches superposées de terre tassée, de graviers, de sable et de chaux. Malgré le raffinement de la technique, la surface était loin d'être lisse ! Les cahots étaient fréquents. De plus, la carruca, voiture de luxe, n'était pas aussi rapide que la rheda. Des moelleux coussins de brocart émanait une senteur de jasmin que la chaleur rendait entêtante.

Marcus était inquiet. Il ne put s'empêcher de reprocher à Lupus de ne pas avoir accompagné Nestor jusqu'à la cabane, de ne pas s'être assuré que Floris était toujours là. Il aurait été plus tranquille s'il avait été certain que Nestor et Floris étaient en route pour Augustonemetum. En réalité, Marcus fulminait contre lui : pourquoi avait-il parlé à Primus de ce cadavre du Tarn ?

— Tu te fais du mouron pour rien ! lui dit Lupus. Quand tu as parlé de ce cadavre à l'édile, Nestor était déjà au Rozier, et le temps que les sbires inspectent

1. *Luteva* : Lodève.

les berges, la rheda roulait depuis belle lurette vers le pays arverne.

— Il y a plusieurs jours que les patrouilles de Primus battent la campagne !

— Le Rozier, c'est trop loin !

— Pas pour des gamins qui montent des chevaux de course !

— Rassure-toi ! Quand les hommes qu'il a envoyés après notre départ trouveront le cadavre, Floris ne sera plus dans la cabane.

— Mais d'autres hommes l'ont peut-être trouvé avant Nestor ! Tu aurais pu m'éviter l'angoisse de l'incertitude.

— Tu m'avais dit de revenir vite !

Il y avait encore autre chose qui tourmentait Marcus. Il avait remis la perle d'ambre dans l'aumônière du mort. Cette perle était l'effet de surprise qu'il se ménageait pour le procès. Il ferait témoigner la sœur de Rosa, elle reconnaîtrait la perle et l'auteur du crime serait démasqué. Pour cela, il fallait que la bourse et son contenu soient trouvés par l'édile sur le corps de l'assassin. Mais si un des sbires allait voler la bourse ? C'était un risque à prendre, mais un risque moins grave que d'avoir parlé de la perle à Primus. L'édile tenait tellement à faire condamner Floris qu'il n'aurait pas hésité à faire disparaître une preuve.

Lupus observait Marcus en ricanant :

— Tu vas avoir un côté de la moustache plus long que l'autre à force de tirer dessus !

Marcus avait perdu l'habitude de réfléchir seul. Les contradictions aussi sottes que grenues de Nestor lui manquaient. Il envoyait la balle en l'air sans que personne ne la rattrape. « Bon ! se dit-il, si tout se passe comme je l'espère, je peux prouver que l'homme du

Tarn a tué Rosa. On peut en déduire que le corps brûlé dans le four de Floris est celui de Rosa. Mais où est passée la fille de Germanus ? Et si le ravisseur de Julia n'était autre que le meurtrier de l'homme du Tarn et de l'aubergiste du *Coq Noir* ? Et quel serait le mobile de ces meurtres ? Ce doit être cette odeur de jasmin qui me brouille l'esprit ! » Le jasmin lui rappela Atelia... « Elle était bien pressée de me voir partir, au point de me prêter sa voiture... Elle fait le commerce d'esclaves, elle aussi... La petite Julia était très jolie, et pas à vendre... » Il voulut aussitôt chasser cette idée de sa pensée mais l'idée s'incrustait : « Si Atelia avait monté une sombre machination pour troquer une bègue bancale contre une splendide créature ? »

Ils arrivaient devant un mansio, le dernier gîte d'étape avant Luteva.

Le cocher vint s'adresser à Marcus :

— Si tu veux qu'on continue, je dois changer de chevaux, ceux-ci n'en peuvent plus ! Ou alors, on passe la nuit ici. Tu décides !

Marcus descendit de voiture :

— Fais atteler d'autres chevaux ! On soupe en vitesse et on repart !

Dans la salle, il n'y avait pas de client. Deux gamins, un drap entortillé en tablier autour des reins, faisaient le ménage. Ils ramassaient les gamelles et les pichets vides et essuyaient les tables. Marcus compta une trentaine de pichets. La dernière vague de consommateurs pouvait correspondre au convoi de Barcos. Marcus s'assit avec Lupus et appela un des gamins :

— Un sesterce pour toi si tu nous sers vite ! Apporte-nous deux pichets de cervoise, six saucisses et deux poulets bien gras !

— Pour aller vite, ça ira vite ! dit le petit rigolo. Vous êtes déjà servis ! il ne reste plus rien. Quand Lucter passe, les réserves trépassent !

— Lucter était ici ?

— Ben oui ! Avec les muletiers ! Et en plus, il a acheté des paniers de galettes et de fromage pour nourrir les esclaves qui ne descendent pas de leur chariot.

Lupus se mit à geindre :

— J'ai faim, moi ! Ils n'ont pas emporté tout le fromage, donne-nous ce que tu as !

— Et deux grands pichets de cervoise ! renchérit Marcus en lui glissant un bon pourboire.

Le gamin revint avec un jambon et du boudin froid :

— C'est la réserve du patron, ce sera plus cher !

Marcus posa sur la table plusieurs pièces de bronze :

— Et Barcos, il se contente de ta charcutaille ?

— Barcos ne vient jamais ici !

Marcus enchaîna en riant :

— Ah oui ! Il reste dans le chariot, il partage le fromage avec les esclaves ?

Le gamin était en confiance, il pouffa :

— Barcos avec les esclaves ! On dirait que tu n'as jamais vu sa carruca toute noire, toute brillante, avec plein de bronze dessus ! Barcos, il va passer la nuit dans un bon lit à la villa d'Aspiranus[1].

Les pichets étaient vides, le boudin englouti. Marcus se leva en emportant le jambon :

— On finira le festin en roulant !

Le gamin les poursuivit en criant :

— C'est cinq sesterces pour le jambon !

1. Villa d'Aspiranus : Aspiran (Hérault).

— La journée a été bonne pour toi ! grogna Marcus en s'exécutant.

— C'est pas tous les jours marché à Condatomagus ! ricana le gamin en s'inclinant.

Deux heures plus tard, le soleil était couché quand, roulant à travers les vignes, ils arrivèrent en vue de la villa d'Aspiranus. La propriété constituait à elle seule tout un pagus. Des vignes, des terres cultivées, des pâturages entouraient la première enceinte qui encerclait les masures des esclaves, les cabanes des artisans et des granges hermétiquement closes. Dans la deuxième enceinte trônait une villa de style pompéien à laquelle était accolée une petite officine de céramique. La lumière dansante de deux torches accrochées de chaque côté de la porte éclairait le portique de la demeure. Un esclave dormait, assis sur les marches.

— Qu'est-ce qu'on fait ? demanda Lupus.

Décidément, cet avocat l'épatait ! Oser s'introduire chez un homme aussi riche sans y être invité ! Il bondit de voiture, aussi excité à l'idée de pénétrer dans ce palais que s'il avait été convié à la cour de l'empereur de Rome.

Marcus alla secouer le dormeur que l'arrivée de la voiture n'avait pas le moins du monde dérangé dans ses ronflements :

— Va prier ton maître d'avoir la courtoisie d'offrir l'hospitalité à un voyageur égaré !

— Ton nom ? balbutia l'homme en découvrant le somptueux équipage du voyageur égaré.

— Marcus Aper, avocat !

— Un avocat ? Mon maître a-t-il des ennuis ?

— Non ! Rassure-le. Il n'est pas concerné par l'affaire dont je m'occupe.

— Alors, pourquoi veux-tu le voir ?

— Il se fait tard et mes chevaux sont fatigués.

L'homme lui fit signe d'attendre et entra dans la maison.

— Tu crois qu'il va revenir nous chercher ? demanda Lupus.

— Toi, tu restes ici, et tu essaies de faire parler le cerbère ! Demande-lui s'il a vu une carruca noire décorée de phalères de bronze, s'il connaît Barcos...

— Je pourrais venir avec toi...

— Non !

« Décidément, tous les riches se ressemblent, on ne peut pas être ami avec eux ! » pensa Lupus.

— De bons renseignements, ça coûte cher !

— Je t'ai déjà payé ta journée. Si cela ne te suffit pas, tu es libre !

— Libre ! Libre ! et comment je retourne à Condatomagus ?

Lupus alla bouder adossé à une colonne pendant que le serviteur faisait entrer Marcus.

Aspiranus vint l'accueillir sur le seuil. Il avait la démarche martiale d'un légat militaire. Une épaisse toison blanche coiffée à la Titus encadrait son visage sculpté à coups de poignard. Le front bas et le nez aquilin entre des yeux sans iris et tout en pupilles plongèrent Marcus dans cette impression de malaise du déjà-vu. Il connaissait cette tête ! Il avait déjà vécu cette scène ! Mais où ? Quand ? Une voix aux accents criards de carnix[1] le rappela à la réalité :

— Aper, avocat ? J'ai toujours pensé qu'Ogmios avait

1. *Carnix* : trompette militaire.

plus de bontés pour toi que le glorieux Mars ! Foutu soldat, auxiliaire Aper ! Tu te rappelles ?

Et dans un éclat de rire qui ressemblait au bruit des noisettes secouées dans un sac, il poursuivit :

— Pour ce qui était de la parlote, tu étais un peu là, mais à la boucherie, il n'y avait plus personne !

« Mais bien sûr ! Aspiranus ! La campagne de Bretagne ! Ce salaud de centurion qui m'avait mis aux arrêts ! Belle carte de visite pour des retrouvailles ! » pensa Marcus.

Il adopta le ton badin de la plaisanterie de caserne :

— Centurion ! Je viens de mon plein gré me constituer prisonnier ! Je n'ai pas agi avec vigilance envers ma monture, mes chevaux sont épuisés, ils ne peuvent me mener plus loin !

— C'était le bon temps ! Viens t'asseoir ! Un verre de vin ?

Et la parole s'accompagna d'une bonne bourrade dans le dos qui fit perdre l'équilibre à Marcus :

— Je préfère un pichet de cervoise !

— Ce sale breuvage celte ! Enfin, chacun son goût ! Je te signale que j'ai fini ma carrière comme tribun militaire ! Eh oui ! un officier sorti du rang ! Et je me suis installé ici. Mais je travaille toujours pour l'armée ! Quand j'étais jeune, je lui ai offert ma vie, et maintenant elle me fait vivre ! Correct, non ? Je suis devenu le plus riche publicain[1] de Gaule. Le premier fournisseur de tous les camps sur les bords du Rhin. Tu parles d'un marché ! J'ai des intermédiaires qui traitent avec les fabricants, moi je centralise, j'expédie et je ramasse la monnaie ! Toujours en règle, avocat ! Toujours en règle !

1. *Publicain* : fermier général qui commerce avec l'armée.

Bien sûr, tu dors ici ! Il n'y a pas de gîte convenable avant Narbo ! Alors, dis-moi la vérité ! Je peux quelque chose pour toi ?

— Je voulais te parler d'un de tes intermédiaires, un certain Barcos ! Il te livre bien des vases en terre cuite de La Graufesenque ?

— À vrai dire, à La Graufesenque, la qualité a baissé. Je me sers à Banassac. Il y a un bon potier, là-bas. Il a créé de nouveaux poinçons. C'est bon pour la vente, ça stimule le client ! Tiens, regarde cette coupe, elle va faire rigoler les légionnaires !

Marcus examina la coupe rose que lui tendait Aspiranus. Dans un décor de feuillage, un homme et une femme nus se livraient à un exercice de gymnastique qui ne pouvait laisser planer de doute quant à leur occupation !

Éclatant de rire, Apiranus versa un pichet de cervoise dans la coupe :

— Bois ! Ça donne des idées, non ?

— C'est Germanus qui se lance dans ces scènes érotiques ?

— Moi, tu sais, je n'ai jamais aucun contact avec les potiers. Je ne les connais pas. C'est le travail de Barcos !

— Tout à l'heure, tu n'as pas répondu à ma question : Que sais-tu de Barcos ?

— Il a de la bonne marchandise. Justement, ses muletiers sont venus pour me livrer des caisses de vaisselle aujourd'hui et il est passé empocher l'argent.

— Je croyais qu'il dormait chez toi ?

— Ça lui arrive ! Mais cette fois-ci, il est reparti tout de suite. Il avait hâte d'être à son bord. Il veut appareiller demain. Il a une livraison de filles pour la maison de plaisir de Thuburbo Majus. Tu sais, cette colonie en

Province d'Afrique. C'est plein de riches producteurs d'olives dans ce pays et ils manquent de filles de chez nous ! Alors, Barcos leur vend des filles, et il leur achète de l'huile ! Mais les filles, il ne faut pas que le transport soit trop long, sans ça, à l'arrivée, elles ne sont plus très fraîches ! Les amphores, il y en a une qui se casse de temps en temps, mais l'huile supporte mieux le voyage ! C'est pas malade et il n'y a pas besoin de la nourrir !

— Toi, tu lui achètes des filles, à Barcos ?

— Jamais ! Pourquoi ?

— La fille de Germanus, le potier de Banassac, a disparu. Et je me demandais si Barcos ne l'aurait pas enlevée pour la vendre comme esclave. Elle est très jolie. Elle doit valoir très cher ! Tiens, j'ai son portrait. (Il sortit de sa bourse le petit médaillon peint à la cire.) Tu ne l'as jamais vue ?

— Le chariot qui transporte les esclaves n'est pas venu chez moi. Il va directement du marché de Condatomagus au port de Narbo. Moi, je n'ai vu que les vingt charrettes de vaisselle qui sont entreposées dans mes granges. Tu n'es pas malade avec tes questions ? Une fille de potier vendue comme esclave ? Qui oserait faire une chose pareille !

— Je t'accorde que ce serait risqué ! Mais le rapt pour les lupanars de luxe, ça existe !

Aspiranus s'était levé. Il avait repris son ton de commandement :

— Demain, tu as une longue route à faire ! Un esclave va te mener à ta chambre. Que la nuit te soit bonne !

Marcus n'arrivait pas à s'endormir. Il lui paraissait de plus en plus évident que Julia était parmi les esclaves du chariot de Barcos, prête à être vendue dans une de ces sordides maisons de Thuburbo ! Il lui fallait rattraper ce chariot, voir une à une toutes les voyageuses avant que le bateau ne lève l'ancre. Sa nuit fut fort courte. Il ne faisait pas encore jour quand il traversa l'atrium désert Il se sentait mal à l'aise, sa barbe avait poussé et Nestor n'était pas là pour le raser !

Il descendit les marches du perron et réveilla Lupus qui dormait dans la voiture, à côté du cocher.

— En route ! direction Narbo !

Puis radoucissant sa voix, il s'adressa à son jeune compagnon :

— Alors, tu as glané des renseignements ?

— Rien ! se contenta de répondre le gamin qui boudait toujours.

« C'est stupide de m'être encombré de ce sale gosse ! Encore une idée idiote de Nestor ! À la prochaine étape, il y aura bien une voiture qui remontera vers Condatomagus ! Je le réexpédie ! » Marcus était de très mauvaise humeur. Il n'arrivait pas à enchaîner deux idées positives.

— J'ai faim ! grogna Lupus.

Marcus ne broncha pas. Les chevaux galopaient. Enfin, quand ils arrivèrent devant la mansio de Julia Baeterrae[1] son gosier était sec, son estomac criait famine et les chevaux avaient besoin d'avoine ! Il donna ordre de faire une halte.

Il mit pied à terre, et tout à coup il crut devenir fou ! Il avait des hallucinations. Là, sur le bas-côté de la route, devant lui, il voyait sa rheda ! Il se précipita, la toucha, l'examina : des coussins de cuir brun, la peinture écaillée

1. *Julia Baeterrae* : Béziers

sur la portière gauche ! Il ne rêvait pas. C'était bien sa voiture. Il se demandait comment Nestor avait pu avoir le temps d'aller à Augustonemetum et d'être déjà de retour ? Il redoutait une catastrophe.

Il entra en trombe dans la taverne. Nestor ! Oui, Nestor était là, attablé devant une cervoise. Un Nestor qui n'avait pas l'air transporté de joie de se retrouver face à son maître.

Passant outre les civilités et autres exclamations de retrouvailles, Marcus fixa son factotum et articula d'une voix atone :

— Et Floris ?

— Il faut que je t'explique...

— Et Floris ?

— J'ai fait comme tu avais dit, mais...

Marcus avait retrouvé sa voix, il se mit à hurler :

— Et Floris ?

— Les sbires de l'édile l'ont arrêté ! Floris te réclame. Il doit être dans le cachot de la curie à Condatomagus !

Nestor, penaud, se lança dans la longue narration de la capture de Floris. Marcus n'écoutait pas. Il en savait assez ! Il devait aller au plus vite assister son client, mais de quelle utilité pouvait-il être tant qu'il n'avait pas retrouvé Julia ? Partir sur-le-champ pour Condatomagus équivaudrait à prendre le risque de laisser Julia embarquer pour la Province d'Afrique.

Nestor parlait toujours... Soudain, réalisant que son maître, perdu dans ses pensées, ne lui prêtait aucune attention, il donna un coup de poing sur la table :

— Tu m'écoutes ?

— Oui ! Non ! Qu'est-ce que tu disais ?

— Qu'il n'y a pas de blonde dans le chariot d'esclaves !

— Quoi ? Comment le sais-tu ?

— Je viens de te le dire ! Dès que Floris a été capturé par les sbires, je n'ai plus eu qu'une idée : te rejoindre au plus vite sur la route de Narbo. Je n'avais pas tellement de retard sur toi et ma voiture était plus rapide. À chaque étape, je ne prenais que le temps de changer de chevaux et de m'assurer que tu étais passé là. Donc, à la nuitée, je suis arrivé au relais de Luteva. Là, j'ai appris que tu étais reparti avec un jambon parce que le convoi de Lucter avait englouti les volailles, les saucisses et le fromage. Je me suis dit que sans aucun doute tu filais le train au convoi. Alors, fouette chevaux ! je démarre.

« À quelques lieues de là, je vois un drôle de spectacle : une quinzaine de charrettes et un chariot bâché arrêtés dans une clairière en bordure de la route. Je vais un peu plus loin cacher la rheda derrière des branches, j'attache les chevaux à un arbre et je m'approche discrètement du campement. Les muletiers, assis en rond, buvaient et chantaient autour d'un feu de bois. Non loin de là, près d'un autre feu, des filles, enroulées dans des couvertures, étaient couchées sur l'herbe. Derrière le groupe de filles, j'ai reconnu Lucter qui jouait aux dès avec trois types à la mine patibulaire et à la peau tannée comme celle des marins. Je me mets à ramper dans les broussailles sans faire de bruit. J'ai bien regardé les filles ; elles étaient toutes très jeunes et brunes comme des pruneaux, malingres et moches ! Ce qui m'a frappé, c'est qu'elles parlaient entre elles un patois campagnard, du vieux celte avec, par-ci, par-là, quelques mots de latin. Aucune de ces esclaves ne pouvait être la fille de Germanus ! Tu peux me croire. Pour plus de sécurité, j'ai même inspecté le chariot : il était vide. Il y avait deux bancs de bois, c'est tout !

« Alors je suis remonté dans ma rheda et j'ai pensé que tu avais passé la nuit au gîte suivant. En arrivant ici, j'ai été affolé quand on m'a assuré qu'on n'avait pas vu de carruca. Voilà ! Rien ne nous empêche de rentrer à Condatomagus. Inutile de poursuivre ce convoi, la fille de Germanus n'y est pas ! Il faudra bien que tu te rendes à l'évidence ! Floris l'a fait brûler pour se venger.

Ce n'est pas ce genre de réflexion qui allait arranger l'humeur détestable de Marcus :

— Pourquoi faut-il, mon pauvre Nestor, que tu dises toujours une phrase de trop ? J'allais te féliciter, tu as fait du bon travail : inutile de courir plus longtemps après ce chariot ! Mais, moi, je te dis que Julia est vivante !

Marcus renvoya la carruca à sa propriétaire et, avec Nestor et Lupus, il prit le chemin du retour en rheda.

Marcus et Nestor avaient changé de chevaux à chaque relais et parcouru soixante milles en une seule traite. À l'aube du deuxième jour, ils franchissaient la Porte Sud de Condatomagus. Ils déposèrent Lupus près d'une fontaine où quelques-uns de ses compagnons d'infortune dormaient à la belle étoile. Puis ils se dirigèrent vers la demeure de l'édile. Un jeune serviteur les accueillit et leur déclara que Primus était parti pour les thermes. Marcus endossa une toge propre et Nestor emporta le nécessaire pour raser son maître dans le vestiaire des bains. Il n'y avait pas de temps à perdre !

Ils allèrent à pied jusqu'aux bains municipaux dont le portique était situé au croisement du cardo et du decumanus[1].

Ils traversèrent sans s'y arrêter la cour où se disputait une partie de ballon, pénétrèrent dans le vestiaire et troquèrent leurs vêtements pour un drap de bain que leur présenta un esclave. Marcus se mit à la recherche de Primus. Il n'était pas dans le frigidarium[2]. Il le trouva dans la salle suivante, le tepidarium[3]. Son giton, armé d'un strigile, lui raclait la peau enduite d'un onguent

1. *Decumanus* : grande rue est-ouest.
2. *Frigidarium* : piscine d'eau froide dans les thermes.
3. *Tepidarium* : salle tiède dans les thermes.

huileux. Primus explosa d'une joie persiflante en apercevant Marcus :

— Enfin, mon hôte est de retour ! Je ne te demande pas où tu étais. Je te signale seulement qu'il n'est plus question de me fausser compagnie, car tu as pas mal de réponses à me donner pour justifier la présence de ton serviteur sur le lieu d'un crime ! Ton serviteur qui se préparait à soustraire à la justice mon principal suspect !

— Cette arrestation est arbitraire !

— J'ai un ordre signé du juge ! Nous avons la preuve que Floris a assassiné Julia. Mes gardes ont fouillé la villa de Floris. Ils ont trouvé le bracelet en or et les pendants d'oreilles que Julia portait le jour de sa disparition. Germanus les a reconnus ! Maintenant, c'est de trois crimes qu'il devra répondre !

— Tu oublies que c'est moi qui t'ai signalé un cadavre sur les bords du Tarn !

— Je sais, tu es le premier à l'avoir vu mort ! Mais peut-être connais-tu le dernier qui l'a vu vivant ? Reconnais qu'il serait moins dérangeant pour toi d'admettre que Floris est l'auteur du crime !

— Sois plus clair, Primus ! Suis-je appelé à comparaître comme témoin, ou suis-je libre d'assurer la défense de mon client ?

— Tu vas au-devant de graves ennuis, Marcus !

— C'est mon affaire ! Je ne te demande qu'un laissez-passer m'autorisant à visiter mon client dans sa cellule.

— Tu l'auras ! Dans deux heures à la curie !

Marcus passa dans le caldarium[1] où il s'abandonna avec délices dans l'eau chaude de la baignoire. Il sortait

1. *Caldarium* : étuve, bains chauds.

du bain quand un garçon vint le prévenir que le duovir voulait lui parler. Le jeune esclave lui désigna un gros homme qui, le visage congestionné, ruisselant de sueur et de graisse, offrant sa viande à l'étalage, se faisait pétrir les bourrelets par une brute aux mains comme des battoirs.

Dès qu'il vit Marcus s'approcher, le premier magistrat dit à son tortionnaire :

— Donne-moi une serviette et laisse-nous !

La chaleur était suffocante dans cette petite pièce voûtée. Marcus n'avait qu'une envie : se jeter dans la piscine d'eau froide pour se fouetter le sang.

Le duovir enchaîna :

— Salut à toi, Marcus ! Je suis Sabinus, juge à Condatomagus !

— Salut à toi, Sabinus !

— Je crois qu'il est important que nous parlions !

— Tellement important, rétorqua Marcus, que je te serai reconnaissant de remettre cette conversation à plus tard ! Ne pourrions-nous trouver un endroit plus confortable ? J'étouffe, ici !

— À ta guise ! Retrouvons-nous au comptoir thermal. Ils servent une eau tiède délicieuse ! C'est la rotonde après les vestiaires !

Marcus alla faire quelques brasses dans la piscine d'eau froide, se fit raser, s'habilla et rejoignit le duovir. Mais il n'était pas question pour lui d'avaler le verre d'eau tiède ; il ne touchait pas à ce genre de poison !

Après s'être fait étriller au strigile et s'être ébroué dans l'eau froide, le duovir ressemblait à un bébé dodu, frais et rose. Il ronronnait comme un gros chat coupé :

— J'ai toujours souhaité avoir l'opportunité de rencontrer un homme aussi éminent que toi, Marcus Aper !

Mais j'avoue avoir été surpris d'apprendre que tu assurais la défense de Floris !

— Mon intime conviction est que Floris n'est coupable d'aucun des crimes dont on l'accuse.

— Qui d'autre que lui pouvait avoir des raisons de se venger de Germanus ?

— Qu'il existe une rivalité professionnelle entre les deux potiers, cela est certain. Mais je ne vois pas en quoi la mort de Julia rendrait l'officine de Floris plus prospère ?

— L'homme est mauvais ! Tout le monde te le dira, ici !

— Il a été riche et puissant, tout le monde se réjouit de sa ruine. Tu devrais te méfier des haines populaires ! Elles faussent les procès.

— Floris est un assassin ! Nous le savons tous, ici !

— Vous ne savez rien du tout ! Tous veulent le voir condamné, et toi, si tu le déclarais non coupable, tu ne serais pas réélu juge ! C'est cela qui te fait peur ! Alors, laisse-moi du temps, laisse-moi vingt jours avant l'ouverture du procès !

— Vingt jours ?

— J'ai besoin de vingt jours pour réunir les preuves de son innocence. Si je t'amène le vrai coupable, tu n'auras plus rien à craindre pour ta réélection.

— Tu n'as rien compris, c'est la tête de Floris qu'ils veulent !

— Si le four de Floris s'éteint définitivement, ce sera la ruine de ta cité ! C'est cela qu'ils veulent ? C'est cela que tu veux ? Donne-moi vingt jours !

— Je dois en parler au conseil. Viens me voir à la curie avant la fermeture des portes !

— J'aimerais rencontrer ta fille !

— Ma fille, Domitia, pourquoi ?

— L'épouse de Germanus m'a dit qu'elle était amie avec Julia. Je voudrais qu'elle me parle de la fille de Germanus.

— Amies, Julia et Domitia ? Pas du tout ! Nous recevions la petite Julia pour qu'elle suive avec ma fille les cours du précepteur. Mais il y a déjà longtemps qu'elle ne vient plus chez moi.

— M'autorises-tu à la voir ?

— Elle sera à la villa. Elle a son cours de harpe, je crois... Je la préviendrai de ta visite, mais tu perds ton temps !

Il restait plus d'une heure à Marcus avant son rendez-vous avec l'édile. Il décida de faire un détour par Ateliacum.

Les gardes municipaux avaient envahi le quartier des esclaves. Ils rudoyaient et accablaient de questions les hommes réduits au désœuvrement en raison de la fermeture du four. Tous demeuraient muets et faisaient de grands gestes pour expliquer qu'ils ne comprenaient pas le latin. Marcus pensa que quelqu'un les avait contraints au silence. Il traversait la cour quand il vit un garde frapper un des esclaves. Le visage de cet homme ne lui était pas inconnu. Il se souvint avoir parlé avec lui le jour de son arrivée à La Graufesenque. L'homme, le torse nu, chargeait du bois dans l'alandier. Cette tache de vin sur l'épaule l'avait frappé. Le sbire avait beau cogner et reposer inlassablement la même question : « A quel travail es-tu affecté ? » l'homme restait aussi muet que ses camarades. Marcus se garda bien d'intervenir. Il s'éloignait quand il entendit quelqu'un chuchoter en celte : « Tiens bon, Tritos ! »

Marcus trouva Atelia dans le tablinum[1] de sa villa. Elle rédigeait une facture. Elle gravait une petite plaque de plomb à l'aide d'un style. Elle fit mine de ne pas voir arriver Marcus et parut surprise quand il lui caressa la nuque.

— Tai-je manqué ? dit-elle en lâchant le style.

Le poinçon attira l'attention de Marcus. Il était posé sur la feuille de plomb, juste sous un nom : Tritos !

Marcus se pencha, embrassa Atelia sur le front, à la racine des cheveux, et demanda sans avoir l'air d'y attacher d'importance :

— Tritos ! Tu as beaucoup d'esclaves qui s'appellent Tritos ?

Elle le regarda avec un sourire ironique :

— Tu n'as rien d'autre à me dire en rentrant de voyage ?

— J'admire le soin que tu portes à ta comptabilité !

Il lut par-dessus l'épaule d'Atelia :

« A Castrix 3 jours de ramassage de fruits — Dumann[2], atenoux[3] — Tritos = 3 sesterces... »

— Alors, je vais moi-même répondre à la question que je t'ai posée : tu emploies au moins deux Tritos, le ramasseur de fruits et le chauffeur du four de Floris !

— Mais, non, je me souviens parfaitement, il n'y a qu'un seul Tritos, il n'a pas de spécialité, je le loue pour des petites besognes saisonnières comme le ramassage des fruits.

— Ou le chargement de l'alandier ! Je le connais, je

1. *Tablinum* : bureau.
2. °Dumann : mois de juillet.
3. *Atenoux* : milieu du mois.

lui ai parlé. Envoie-le chercher ! J'ai besoin de lui poser des questions !

Ils échangèrent un regard de défi :

— J'espérais que ta visite avait un motif plus intime !

— Je ne te croyais pas capable de fausser les écritures ! Ce Tritos doit savoir qui a mis le cadavre dans le four ! Je veux lui parler !

— Il ne comprend pas le latin !

— Tu mens ! J'ai déjà parlé avec lui !

Elle eut un petit rire coincé :

— Tu es ridicule ! Ce n'était pas lui. Ils se ressemblent tous !

— Alors, si ce n'était pas lui, dis-moi le nom du chauffeur de Floris et fais-le venir tout de suite !

— Le chauffeur de Floris n'est pas un esclave de chez moi. Je ne le connais pas.

— Je dois aller voir Floris. Lui me dira le nom de son chauffeur ! Et si tu mens, je trouverai pourquoi !

— Je t'en prie, Marcus ! Viens ce soir partager le souper avec moi !

Il sortit sans dire un mot. Il ne savait plus quoi penser d'Atelia. Il ne savait pas s'il en souffrait. Dans la cour, il apprit que les sbires avaient emmené Tritos.

L'après-midi risquait d'être long. Marcus invita Nestor à prendre le repas de la mi-journée au *Coq Noir*. Le four de Floris était toujours éteint. Plus de travail, plus d'argent, la taverne était vide. La grosse aubergiste fut aux petits soins pour eux. Dès que leurs assiettes étaient vides, elle les remplissait de ce succulent ragoût qui mijotait dans l'âtre. Et tout en riant elle répétait :

— Ce serait dommage de le laisser perdre !

La salle déserte était propice aux confidences. La

plantureuse matrone vint s'asseoir à la table de Marcus et de Nestor.

— Maître Aper, lui dit-elle, je suis sûre que mon frère a été assassiné ! Mais le meurtrier ne peut pas être Floris. Mon frère et lui étaient amis. Floris est coléreux, mais il a toujours été bon pour nous. Mon frère devait connaître toute la vérité sur l'histoire du corps incinéré. C'est l'assassin de cette fille qui a tué mon frère. Je ne sais rien d'autre. Mon frère était déjà mort quand je suis arrivée. L'édile m'a dit que si je parlais, il ferait fermer l'auberge ! Tu comprends, on a toujours fait un petit commerce un peu illégal.

— Non, je ne comprends pas. Un commerce est légal ou illégal !

— Ce n'était pas grave, tout le monde le savait, même l'édile. Mais maintenant, si je ne dis pas ce qu'il veut que je dise au procès, il fera fermer l'auberge.

— Alors, ce petit commerce, qu'est-ce que c'est ?

— On revendait à bas prix des pièces récupérées dans la fosse aux détritus, des vases ébréchés, des ratés de cuisson. Floris fermait les yeux. On ne les vendait pas à des marchands, seulement à des pauvres gens qui ne pouvaient pas les acheter dans des boutiques. Bref, je ne peux rien dire. D'ailleurs, je n'aurais pas grand-chose à dire, si ce n'est que Floris est innocent.

— Tout ça ne pèserait pas lourd au procès ! ricana Nestor.

— Merci ! dit Marcus en se levant et en posant quelques sesterces sur la table.

Il poursuivait son idée. En remontant en voiture, il demanda à Nestor de le déposer à la curie et d'aller faire un tour à Ateliacum :

— Renseigne-toi sur les types qui chargeaient le four

le jour de notre arrivée ici. Après, tu iras voir Castrix, il emploie des esclaves de chez Atelia pour le ramassage des fruits. Demande-lui s'il n'a pas engagé un certain Tritos à la pleine lune de Dumann.

— Pourquoi j'hérite toujours de ce genre de travail ?

— Parce que tu es doué pour ça !

— Pas gai d'être doué !

— Tu es en retard ! persifla l'édile quand Marcus se présenta dans son tablinum à la curie.

De son élocution citronnée, il poursuivit :

— Tu as eu le temps de réfléchir ! Peut-être as-tu renoncé à défendre Floris ?

— Je voudrais connaître le motif de l'arrestation d'un esclave nommé Tritos ?

— Comment sais-tu qu'il a été appréhendé ? Tu as tort de te mêler de nos affaires !

— Je pense que cet homme est mêlé à l'affaire qui concerne mon client. Je veux lui parler.

— Inutile ! Je l'ai déjà interrogé. Il a tout avoué. Il a reconnu avoir enfoui le corps d'une jeune fille morte dans le foyer du four de Floris. Il a aussi déclaré avoir agi sur l'ordre de Floris !

— Combien l'avez-vous payé pour ce mensonge ? Lui avez-vous promis son affranchissement s'il acceptait de faire ce faux témoignage ? Ou l'avez-vous torturé et menacé de mort s'il refusait d'obtempérer ? Je veux le voir !

— Je croyais que tu étais venu pour voir Floris ? Je n'ai qu'une parole, un garde va t'accompagner à sa cellule.

— Tu ne peux pas m'empêcher d'interroger un témoin !

— Je pensais que tu avais une meilleure connaissance

du droit ! Tritos est un témoin de l'accusation ! Tu lui poseras toutes les questions que tu voudras le jour du procès !

— Si Tritos est un témoin de l'accusation, pourquoi le retiens-tu en prison ?

— C'est le seul moyen de le garder en vie ! Floris a des complices qui s'emploieraient à éliminer un témoin à charge.

— Floris, des complices ? Toute la ville le hait ! Tu le sais. Le seul homme qui avait des preuves de son innocence était l'aubergiste du *Coq Noir* ! Et on l'a assassiné pour l'empêcher de parler !

L'édile appela un des éphèbes qui lui servait de garde et lui ordonna de conduire l'avocat auprès de son client.

Floris, les joues envahies par une barbe hirsute de plusieurs jours, le sayon et les braies en lambeaux, grognait comme un sanglier en cage. Il accueillit Marcus par des hurlements :

— Bravo, avocat ! Les chiens m'ont pris à la gorge, à quand la curée ?

Marcus aussi avait envie d'exploser, mais il se contint et parla calmement :

— Rien de tout cela ne serait arrivé si tu étais resté à Augustonemetum pendant que je menais mon enquête. L'édile n'aurait pas envoyé des gardes rutènes chez les Arvernes.

— Qu'est-ce que tu comptes faire ? Je ne veux pas croupir ici ! Je veux prendre un bain !

— Chez moi, il y a des thermes ! Tu aurais mieux fait d'y passer tes journées dans l'eau froide pour te calmer ! J'aurais peut-être pu travailler tranquillement. Tu as accumulé les bêtises et tu vas passer en jugement ! Je ne peux rien faire pour l'éviter.

— Je suis innocent !

— Je le sais ! Ce n'est pas moi qu'il faut convaincre, mais le juge !

— Ce fumier !

— Au procès, laisse-moi parler ! Si tu insultes le duovir, je ne pourrais plus rien pour toi ! Peux-tu m'expliquer comment il se fait qu'on ait retrouvé chez toi les bijoux en or de Julia ?

— S'ils y sont, c'est que quelqu'un les y a mis ! Je ne l'ai pas tuée ! Ils ne peuvent pas avoir de preuve, alors ils en inventent ! Germanus est prêt à tout pour faire fermer mon officine !

— Maintenant, tu vas me répéter exactement tout ce que t'a dit l'aubergiste du *Coq Noir* !

— Je te l'ai déjà dit !

— Non ! Tu n'as pas tout dit ! Tu voulais agir seul, te venger ! Tu vois dans quel pétrin tu t'es mis ? Vas-y, je t'écoute !

— Mais si je suis revenu, c'était pour essayer de comprendre. J'étais affolé ! Tout ce qui m'était arrivé était incohérent. Ça ressemblait à une machination pour me ruiner. Tout a commencé quand j'ai vu de la fumée noire s'échapper pendant le début de la cuisson. Et puis, quand on a déchargé, les quarante mille vases étaient bons pour le rebut ! Avec du pin sec, cela ne peut pas arriver ! J'ai fait remuer les cendres du foyer. On a trouvé des dents et des petits tas de bronze fondu ! Et pour comble d'horreur, se répandait la nouvelle que la fille de Germanus avait disparu ! Tout le monde connaissait mes différends avec lui. Pourtant, il me devait sa fortune. Il m'a accusé du meurtre de sa fille et tout le monde l'a cru. Je suis devenu fou ! J'ai filé te voir. Mais, pour moi, il n'a jamais été question que j'attende sans rien faire. Je voulais savoir. Et la seule personne qui savait toujours tout, ici, était l'aubergiste. Il était mon seul ami dans ce foutu patelin ! Alors, je suis allé le voir et il m'a dit qu'il avait vu un certain Tritos, un esclave que je loue à Atelia pour l'entretien du feu ; donc, il avait vu Tritos remettre de l'argent à un vagabond. Ce Tritos agissait forcément pour quelqu'un, il n'a pas un quart de sesterce ! L'aubergiste a écouté leur conversation. Tritos expliquait au vagabond le chemin pour aller à une masure où il devait se faire remettre une fille qui avait été achetée comme esclave. Cette fille, il lui a dit de la conduire dans une cabane près du Tarn, au Rozier. Et qu'on viendrait en prendre livraison. « C'est curieux, m'a dit l'aubergiste, c'est le lendemain qu'on a trouvé une fille brûlée dans ton four ! » Pendant qu'il me parlait, il y avait un grand type maigre dans un coin de la salle qui avait l'air de nous écouter. Je l'ai montré à l'aubergiste. « C'est justement le gars qui parlait avec Tritos ! » m'a-t-il dit. Le soir même, l'aubergiste a été assassiné. Je me suis dit que dans la cabane du Rozier je retrouverai peut-être le vagabond en question. Mais quand je suis arrivé, il était déjà mort.

— Pourquoi ne m'as-tu rien dit ?

— Quand je t'ai vu à Augustonemetum, je ne savais rien !

— Tu aurais dû m'envoyer interroger l'aubergiste !

— Il n'aurait pas parlé.

— Pourquoi as-tu filé en me voyant à l'auberge ?

— Je voulais retrouver le vagabond !

— Tu aurais mieux fait de me laisser agir ! Bon ! Nous savons que Tritos et le vagabond étaient des intermédiaires. Pour qui travaillaient-ils ? L'esclave qui a été incinérée dans ton four s'appelait Rosa. Son père avait décidé de la vendre à Atelia. Je ne vois pas pourquoi Atelia aurait payé Tritos, pour qu'il paye un vagabond qui lui aurait livré une esclave dont la vente avait été conclue avec le père !

— Quelques sesterces à des hommes de main, ça coûte moins cher que l'achat d'une esclave !

— Et elle aurait ordonné qu'on brûle la fille ? Où serait le bénéfice ? Seulement, moi, je sais que le vagabond a violé la fille ! Elle aura résisté et il l'aura tuée. Après, Tritos a fait disparaître le corps. Mais cela ne tient pas debout ! Atelia n'a envoyé personne chercher la fille. Elle attendait que le père la lui amène et touche son argent. J'étais avec l'édile quand elle nous l'a dit.

— Et si Atelia ment ?

— Et si c'était quelqu'un d'autre ? Si quelqu'un avait su l'accord passé entre Atelia et le père de Rosa ? Ce quelqu'un a peut-être voulu s'offrir une esclave à l'œil ! Pour quelques sesterces, il fait faire la besogne par d'autres et pense ne jamais être soupçonné. Mais il se produit un accident qu'il n'avait pas prévu ; la fille meurt et il élimine les témoins.

— Et ce Tritos, on l'a aussi retrouvé mort ?

— Non ! Il est dans la cellule à côté de la tienne. Il a avoué avoir agi sur ton ordre !

La colère de Taranis le jour de la fête de Lug n'est rien à côté du déchaînement soudain de Floris. Il bondit de son tabouret, le jeta en l'air, le piétina et hurla :

— C'est un coup de Germanus ! C'est Germanus qui a envoyé sa fille chez des parents n'importe où et qui a monté cette affaire pour me faire condamner. Pour qu'on ferme mon four ! Pour que je sois ruiné !

— Et alors, sa fille, il ne pourra plus jamais la faire revenir ? Il ne pourra plus jamais la voir s'il veut qu'on continue à la croire morte ? Non, je te jure que Germanus est vraiment persuadé que sa fille est morte ! Lui et sa femme sont au désespoir ! Ce qui embrouille tout, c'est qu'il ne doit y avoir aucun lien entre la disparition de Julia et la mort de Rosa ! À moins que...

— À moins que ce soit moi qui aie tout manigancé ! C'est cela que tu penses ? Alors, mon arrestation, c'est une mascarade ? Tu es de connivence avec l'édile !

— J'ai accepté d'être ton avocat et je t'aiderai malgré toi ! Je vais essayer de te faire sortir d'ici ! Je vais essayer d'obtenir du juge qu'il t'autorise à habiter chez toi sous bonne garde jusqu'à l'audience du tribunal.

— Ne t'attends pas à ce que je te dise merci !

Marcus appela le geôlier qui le laissa sortir et referma la grille. Floris hurla :

— Germanus ! Pense à Germanus ! Il est capable de tout !

La lumière d'une lampe à huile dansait entre les barreaux d'un cachot. Marcus se dirigea vers la grille.

— Je ne peux pas te laisser entrer ! dit le garde.

— Inutile ! soupira Marcus.

Tritos, le visage tuméfié et sillonné de rigoles de sang séché, buvait goulûment un énorme bol de soupe. Le garde poussa Marcus vers l'escalier de pierre.

— Tu as menti pour une soupe, Tritos ! mais ne crois pas à leurs promesses, ils te condamneront à mort ! lança Marcus en montant les marches.

En traversant le forum, Marcus regarda le cadran solaire. Il avait juste le temps de rendre visite à la fille du duovir s'il voulait être de retour à la curie avant la fermeture des portes.

Les jardins de la villa du magistrat s'étalaient en

terrasses jusqu'à la rive du Tarn. Une esclave le conduisit auprès de la fille de la maison qui lisait à l'ombre, sous le portique du nymphée. Elle se leva, posa le volumen[1] de Virgile sur le bord de la fontaine, et accueillit Marcus avec un pauvre sourire sans grâce :

— Père m'a dit que tu souhaitais me parler ?

Elle lui fit signe de s'asseoir dans le grand fauteuil d'osier à côté du sien.

Marcus fut surpris par ce visage d'adolescente triste et grassouillette. Elle se pencha, prit la jatte de pâtes de fruits cachée sous son siège et en offrit à son visiteur. Il refusa gentiment ; il avait horreur des sucreries. Elle remit la jatte sous son fauteuil et, la bouche pleine, lui demanda :

— De quoi voulais-tu me parler ?

— De Julia !

Marcus était mal à l'aise. Cette toute jeune fille, boulimique et lisant Virgile, l'intimidait. Il ne savait comment aborder avec elle la possibilité que Julia ait été enlevée pour devenir putain dans un bordel en Province d'Afrique.

— Julia ! dit-elle dans un soupir, elle était si belle !

— Pourquoi parles-tu d'elle au passé ? Je crois qu'elle est toujours en vie !

— Pour moi, elle est morte depuis des mois. Mes parents m'ont défendu de la revoir.

— Pourquoi ?

— Ils disaient que ce n'était pas une bonne fréquentation. Mais ce n'est pas vrai ! Elle était mon amie. Je suis toujours toute seule depuis qu'elle ne vient plus. On

1. *Volumen* : rouleau manuscrit.

dit qu'elle est morte brûlée. C'est horrible ! Mes parents disent que ce sont les dieux qui l'ont punie !

— Punie ? Pourquoi punie ?

— Julia rêvait beaucoup et pensait qu'il fallait vivre ses rêves. Mon père, lui, pense qu'une femme n'a pas le droit de rêver. Julia, elle, aurait voulu être Léda aimée par le cygne Jupiter ! Elle ne voulait pas passer sa vie à broder et à faire de la pâtisserie. Elle voulait ressembler aux ménades qui dansent et qui jouent de la musique sur les vases de son père. Un jour, elle est tombée amoureuse d'un homme qu'elle appelait Jupiter ! Elle n'a pas voulu me dire où elle l'avait connu. Elle prétendait qu'il arrivait du mont Olympe.

« Un matin, elle me l'a montré de loin sur la promenade. Il était très beau. Quelques jours plus tard, nous partions vers les rives du Tarn pour étudier les plantes avec le précepteur, et je ne sais pas ce qu'elle a été dire au précepteur, mais il est rentré et il nous a laissées seules. Elle a ôté sa tunique au bord de l'eau et elle a nagé dans la rivière. Elle riait et elle m'appelait, mais je n'ai pas osé me déshabiller. Et puis, de derrière un saule, j'ai vu son Jupiter arriver en nageant. Ils se sont rejoints. Ils jouaient dans l'eau. Elle avait l'air si heureux ! Il est reparti à contre-courant, elle s'est rhabillée et nous sommes rentrées. Je lui ai demandé : "Tu savais qu'il serait là ?" "Bien sûr, petite sotte !" m'a-t-elle répondu. Le précepteur a été renvoyé. Julia habitait de plus en plus souvent à Banassac. Mes parents lui ont fermé leur porte. Je ne l'ai plus jamais revue. Je pense souvent à elle. Tu crois qu'elle est partie avec son Jupiter ?

— Peut-être.

— Elle doit être heureuse !

— Pas sûr !

Marcus se leva. Elle plongea à nouveau sous son fauteuil pour prendre la coupe de friandises. Il n'osa pas refuser. Il avait la bouche pâteuse et la gorge serrée quand il quitta la villa du duovir.

Il marchait d'un bon pas sous les arcades du decumanus. Les jours commençaient à raccourcir mais, en cette fin d'après-midi, la clarté était toujours aussi intense, seule la chaleur devenait supportable. C'était l'heure de la promenade pour les Rutènes. Les riches matrones, coiffées de toupets bouclés pour imiter les belles Romaines, dévoraient des yeux les vitrines des orfèvres et des drapiers en tirant sur la laisse de leurs loulous enrubannés.

Déjà l'huissier s'avançait pour fermer les portes de la curie quand Marcus pénétra en trombe dans la nef de la basilique civile et se heurta au duovir qui s'apprêtait à sortir.

— Enfin, te voilà ! maugréa le juge.

Il était agacé. Marcus préféra se taire et le laisser parler.

— J'ai convoqué les sénateurs. Ils ont estimé qu'il n'y avait aucune raison de laisser traîner les choses. Floris comparaîtra demain à la 5e heure devant le tribunal. Te voilà averti !

— Nous y serons ! Je n'ai qu'une requête à formuler. Il ne serait pas décent que le prévenu se présente devant la cour dans l'état de crasse où il se trouve ! Je te demande instamment que Floris soit autorisé à passer la nuit chez lui pour avoir la possibilité de prendre un bain et de mettre des vêtements propres. Sous bonne garde, s'entend ! L'édile ne manque pas de jeunes et athlétiques geôliers pour veiller sur lui !

Le duovir le foudroya du regard :

— Trouves-tu à redire à notre garde municipale ?

Marcus avait le coin de la moustache ironique :

— Non ! Je préfère seulement la compagnie de ta fille à celle des gitons de Primus ! Ta fille est tout à fait charmante. '

— Je veille à ce qu'elle reçoive une éducation parfaite. J'aime que tout soit parfait ! C'est pourquoi mes vignes donnent le meilleur vin de tous les vins rutènes. Et, en tant que juge, je tiens à ce que ce procès se déroule de façon parfaite. Aussi, j'accède à ta demande, le prévenu aura tout loisir de se présenter en tenue correcte. Je vais prendre les mesures de surveillance qui s'imposent pour qu'il puisse coucher chez lui. Mais s'il ne se présente pas à l'audience, tu seras accusé de complicité de délit de fuite ! Que la nuit te soit propice !

— Et qu'elle ouvre ton esprit à la quête de la vérité ! répondit Marcus en tournant les talons.

Cette convocation pour le lendemain matin convenait parfaitement à Marcus. Ni lui ni la partie adverse n'avaient de preuves. Il devait gagner le plus de temps possible avant la seconde confrontation ; et il avait son plan.

La rheda était arrêtée dans la petite rue qui faisait face à la porte latérale de la curie. Personne sur le siège, ni dans la voiture. Marcus s'engagea dans une venelle au bout de laquelle clignotait une lanterne de verre rouge. Il vit gravé sur une plaque de terre cuite que ce coupe-gorge portait le nom de rue Trotte-Garce. Il frappa à la porte close, sous la lanterne. Un esclave au teint bruni vint lui ouvrir. Marcus devait avoir le profil des habitués du lieu ; le cerbère l'invita à entrer. La salle, tendue de tissus, était meublée de méridiennes et de tables basses. Il n'y avait pas encore de clients. Il était trop tôt. Assises autour d'un guéridon, des filles, drapées de voiles transparents, jouaient aux dés. Dans la semi-obscurité, au fond de la salle, il découvrit Nestor qui parlait avec deux femmes ; l'une jeune, l'autre entre deux âges. La matrone se leva et vint au-devant de Marcus :

— Je suis Rosemerta ! Je pense que tu es Marcus Aper ? Nestor t'attendait ! En bonne compagnie, comme tu peux le voir !

La donzelle, agenouillée aux pieds de Nestor, versait lentement, pour ne pas faire de mousse, de la cervoise dans un gobelet.

— Et pour toi ? demanda la matrone avec un sourire avenant.

— La même chose !

Nestor tira sur la toge de Marcus, l'obligea à s'asseoir sur la méridienne à côté de lui et lui murmura à l'oreille :

— J'espérais que tu verrais la voiture et que tu viendrais ! Je ne pouvais pas partir, je n'ai pas de quoi payer ! Ici la cervoise vaut le prix du garum[1] !

Ainsi informé, Marcus savoura lentement son gobelet alors que d'ordinaire le premier verre ne faisait qu'aiguiser sa soif !

— Je ne savais pas que vous vous connaissiez ? dit Marcus en promenant son regard malicieux de Nestor à Rosemerta.

— Pur hasard ! répondit Nestor, j'ai rencontré made-

1. *Garum* : saumure de poisson d'un prix exorbitant.

moiselle Hécate qui se promenait dans la rue. Elle m'a invité à prendre un verre.

— Et je ne le regrette pas ! ajouta la demoiselle en question tout en caressant les pieds de Nestor.

— Laisse-nous ! dit la matrone d'un ton protecteur et maternel.

Rosemerta s'assit sur la méridienne entre les deux hommes :

— Je crois comprendre la raison de ta présence ici, maître Aper ! Ton ami m'a posé beaucoup de questions. Il faut que tu saches que je suis une femme libre. Toutes mes filles m'appartiennent. Je me fournis uniquement chez Atelia. C'est un peu une famille chez moi. Chacun des notables de notre cité a sa chacune !

Avec un bon sourire, elle ajouta :

— Un peu comme une deuxième épouse ! Disons que je suis la belle-mère de la ville. Floris, lui, il passait ici le plus clair de son temps. Il n'est pas marié, alors, dans ma maison, il trouvait de la compagnie. Il ne s'arrêtait jamais dans la grande salle. Il n'est pas liant. Il louait à l'année un petit appartement au-dessus. La belle Messa est au désespoir de ne plus le voir ! Je crois qu'elle espérait qu'un jour il l'épouserait ! Et il en aurait été capable, il s'est toujours moqué de ce qu'on pensait de lui. Par exemple, je ne l'ai jamais vu mettre les pieds au temple.

— Et Germanus ? demanda Marcus.

— Jamais venu ici !

— Que penses-tu de sa fille Julia ?

— Je ne pense rien des filles de famille ! (Elle rit.) Je n'ai pas l'occasion de les rencontrer !

— Connais-tu Barcos ?

— De réputation, et elle n'est pas bonne !

— Et Lucter ?

— Hannibal ne le laisse pas entrer. Il a maltraité une de mes filles. Je ne le reçois plus. Tu veux une autre cervoise ?

— C'est-à-dire...

— C'est moi qui l'offre !

— Alors !

Elle fit signe à Hécate d'apporter trois pichets. Marcus but d'un trait et, mis en confiance, demanda brutalement :

— Que penses-tu des rumeurs qui circulent ?

— Je n'attache aucune importance aux rumeurs. Mais je sais qu'Atelia m'avait promis une esclave pour la lessive et le ménage, et que cette fille du nom de Rosa a disparu... Atelia doit m'en trouver une autre. La disparition d'une esclave, l'édile s'en fiche ! Il est trop préoccupé par l'affaire de la fille de Germanus.

— Et toi, qu'en penses-tu ?

— Moi, la fille de Germanus, je m'en fiche !

— Accepterais-tu de parler de Rosa au procès de Floris ?

— Je ne tiens pas à perdre tous mes clients. Je ne sais rien. Je n'irai pas au tribunal. Assez bavardé ! Tu veux monter ? Je t'offre une fille, choisis !

— Je suis invité à souper chez une dame. Nous nous reverrons !

Il entraîna Nestor vers la sortie. Rosemerta fit signe à Hécate, qui, munie d'une petite corbeille vide, les accompagna jusqu'à la porte.

— C'est vingt sesterces, chéri ! dit-elle en tendant son panier et en posant un baiser sur la joue de Nestor.

— Cela fait cher la cervoise ! maugréa Marcus en tirant péniblement cette petite fortune de sa bourse.

— Oui, mais Hécate a de jolis petits seins et Rosemerta la langue bien pendue ! gloussa Nestor en remontant sur le siège de la voiture.

— À Ateliacum ! conclut Marcus.

— Et moi ? Où est-ce que je soupe ?

— À la cuisine, avec les gitons de Primus !

— Tu parles d'une agape !

— Tu as déjà dégusté le hors-d'œuvre, non ?

Dans un soupir rêveur, Nestor enchaîna :

— Elle a de ces seins ! Et, si tu avais vu la chambre, au premier, on aurait dit l'officine de Messaline !

— Parle-moi plutôt de ta visite à ce Castrix ?

— Aucun intérêt ! Il ne sait jamais le nom des esclaves qu'il loue à la journée.

— Et Tritos ? Tu as fait parler les esclaves d'Ateliacum ?

— Ils sont tous furieux parce qu'il n'y a plus de travail à l'officine. Ils étaient furieux aussi parce qu'on a emmené Tritos. D'après ce que j'ai compris, il était un peu leur vache à lait ! Tritos adorait jouer aux dés, il jouait tout le temps, il perdait toujours et il avait toujours de quoi payer.

— Intéressant !

— Et toi, du nouveau ?

— Je crois que Julia n'est pas morte, je crois que Julia n'a pas été enlevée, je crois qu'elle est partie avec Barcos de son plein gré !

— Avec la bénédiction de son père ?

— Ça, c'est moins sûr !

Atelia attendait Marcus dans le jardin intérieur de sa villa. De ses voiles flottants s'exhalait une senteur de jasmin. Elle courut au-devant de Marcus.

— Tu es venu !

— Pour que tu m'expliques ton mensonge ! Tritos n'a jamais travaillé à la cueillette des fruits. Tu louais Tritos à Floris. C'est lui qui a mis le cadavre dans le four. Était-ce sur ton ordre ?

— Non ! Tu es fou !

— Tu étais au courant.

— Non ! Je te le jure !

— Pourquoi te croirais-je ? Je t'ai vu faire un faux en écriture.

— C'est vrai, j'ai perdu la tête. J'ai fait une fausse facture pour Castrix. Mais ma réputation est fichue si on apprend qu'un de mes esclaves a participé à un crime !

— Il faut dire la vérité. Tu ne peux plus rien cacher, Tritos a été arrêté. Il sera interrogé au tribunal. As-tu fait porter la facture chez Castrix ?

— Non !

— Donne-la-moi !

Elle l'entraîna dans le tablinum et lui remit la plaque de plomb.

Une esclave vint aussitôt les chercher. Elle les conduisit dans la chambre où le souper était servi. La pièce était éclairée par la flamme d'une bûche qui se consumait dans la cheminée d'angle. Marcus jeta la plaque de plomb dans le feu. Il regardait fondre le métal et sentait s'évanouir ses soupçons. Ils burent à deux dans la même coupe et soupèrent en silence. Elle laissa glisser ses voiles. La faible lueur du feu qui s'éteignait nacrait de rose les cuisses, le ventre, les seins d'Atelia.

Quelle ne fut pas la surprise de Marcus Aper quand, à la 5e heure du jour, il monta les marches du portique de la basilique civile ! Là, devant lui, franchissant le seuil, Julius Secundus, son ami Secundus, le seul autre avocat gaulois respecté dans tout l'Empire, marchait à côté de Germanus ! Il était le pire adversaire que pouvait lui réserver le destin. Cette paniquante vision n'avait pas échappée à Nestor qui trottinait auprès de son maître :

— Regarde ! dit-il. Julius Secundus est l'avocat de l'accusation ! Et tu as vu qui lui porte ses tablettes ? Publius Tacitus ! Ton disciple Tacitus, quelle trahison !

— Et alors ? rétorqua Marcus, qu'est-ce qu'il y a d'étrange à ce que Tacitus assiste Secundus, c'est moi qui les ai présentés ! Ce jeune homme est très doué, mais je n'aurai que faire de son talent dans cette affaire. Nul autre ne sait mieux que lui créer une image et assembler les mots, et cela ce n'est pas grâce à moi ; c'est Secundus qui lui a transmis son amour de Cicéron ! Moi, ce n'est pas pour l'élégance de mes phrases que Tacitus m'admire, c'est pour mon efficacité. Il ne me trahit pas, il sait que si j'avais eu besoin de lui je serais allé le chercher. Tu m'es plus utile que lui !

Pour Nestor, ce trop-plein de gentillesses ne présageait rien de bon :

— Secundus va émouvoir l'auditoire !

— Si je lui en laisse le temps ! conclut Marcus avec un sourire malin.

Marcus et Nestor allèrent rejoindre Floris qui, flanqué de deux gardes, attendait debout, devant le banc du premier rang de gauche, face à la grande table du tribunal. Sur le banc du premier rang de droite, Secundus était assis entre Germanus et un jeune homme qui pouvait avoir une vingtaine d'années. Secundus, légèrement penché en avant, fixait Marcus. Leurs regards se croisèrent. C'était la première fois que les deux amis allaient avoir à plaider l'un contre l'autre. Cela leur procurait une excitation intense. Marcus pensa immédiatement que Secundus n'avait accepté de défendre la cause de Germanus que parce qu'il aurait à affronter son ami. Ils s'étaient si souvent bagarrés devant un bon repas que cette confrontation en public leur était devenue nécessaire. Mais l'avantage était pour Secundus qui s'était préparé à rencontrer Aper, alors que lui ignorait qui représenterait l'accusation.

La foule était accourue de tous les environs. Derrière une petite barrière, quelques rangées de bancs étaient réservées aux sénateurs de Condatomagus, debout au fond de la nef, se bousculaient des badauds avides de spectacle. Même les bas-côtés étaient noirs de monde. Quand la basilique civile fut pleine à craquer, les huissiers fermèrent les portes.

Le scribe, portant son écritoire et des feuillets de papyrus, entra par la petite porte latérale de l'abside et vint s'asseoir au bout de la table. Un huissier le suivait. Avec un haut bâton, il frappa sur le dallage. Les notables se levèrent et les juges du tribunal entrèrent. Le premier duovir, le seul que connaissait Marcus, vint s'asseoir au centre de la table. Le second duovir, qui avait le nez rougeoyant et fleuri en bon vigneron qu'il était, s'installa à la droite du président, puis prirent place, à côté du deuxième duovir, l'édile chef de la police, à côté du premier duovir, le flamine municipal du temple de Rome et d'Auguste. Le président frappa trois coups sur la table avec un petit marteau d'ivoire. L'accusation, la défense et les sénateurs s'assirent. Le premier duovir se racla la gorge et parla :

— Nous sommes réunis pour juger Floris, propriétaire à La Graufesenque et patron d'une officine de terre cuite. Il est accusé d'avoir assassiné Julia, fille de Germanus propriétaire à Banassac et maître potier, et d'avoir incinéré le corps de sa victime pour dissimuler son crime. La parole est à l'accusation !

Une rumeur horrifiée parcourut l'assistance.

— Silence ! cria l'huissier.

Secundus se leva. Il était de taille moyenne. De sa silhouette fragile se dégageait une grande distinction au bord de la préciosité. Sa toge de lin fin venait du meilleur drapier de Rome. Il attaqua d'une voix assourdie par la douleur :

— Comment ne pas être atterré à la vue du désespoir d'un père qui vient de subir la plus cruelle des douleurs humaines : assister à la mort de sa fille unique ! Mais s'il est déjà hors nature de conduire son enfant en terre, que dire du désespoir du père qui ne peut offrir ni funérailles, ni sépulture à la dépouille chérie ? Que dire de l'horreur d'une fin aussi tragique ? Et savez-vous qui était la victime ? Une jeune fille de quinze ans, belle, douce et réservée ! Aucun châtiment ne pourra jamais punir pareille monstruosité ! Mais nous devons faire respecter la justice pour que les mânes de Julia reposent en paix et que s'apaise la colère des dieux. Aussi je demande la mort pour l'auteur d'un crime aussi odieux !

La foule applaudissait, tapait des pieds, hurlait des « Hourra ! ».

— Silence ! Ou je fais évacuer la salle ! cria le président.

Le calme revint et il poursuivit :

— Plaît-il à la défense de plaider les circonstances atténuantes ?

Marcus bondit plus qu'il ne se leva :

— Sûrement pas ! Rien ne saurait excuser l'horreur de cet acte et je m'associe à maître Secundus pour réclamer la mort du criminel !

Un brouhaha de lamentations parcourut le public. On allait le frustrer du spectacle de la joute oratoire !

— Silence ! aboya l'huissier.

Floris explosa :

— Est-ce cela que vous appelez un procès ? Et, cet homme, puis-je l'appeler mon avocat ?

Marcus, tirant de toutes ses forces sur l'avant-bras de Floris, l'obligea à se rasseoir et lui marmonna à l'oreille :

— Par Taranis ! Tais-toi !

Le juge semblait dépassé par les événements, il donnait de violents et répétés coups de marteau sur la table :

— Maître Aper ! C'est à toi qu'il incombe d'ordonner à ton client une attitude correcte ou je me verrai dans l'obligation de te poursuivre pour insulte à magistrat ! As-tu quelque chose à ajouter ?

Pendant l'intervention du duovir, Marcus avait griffonné quelques mots sur une tablette qu'il avait glissée à Nestor. Celui-ci lut le message et sortit précipitamment de la curie. Marcus attendit que le calme fût revenu et se leva :

— Je voudrais rappeler à la cour que le droit romain se doit de protéger le droit à la vie et de châtier l'auteur d'un meurtre ! Aussi, je veux que s'il y a eu meurtre, l'assassin soit condamné ! Mais dans l'affaire qui nous concerne, je veux dire la disparition de Julia fille de Germanus, personne ne peut prouver qu'il y a eu meurtre !

Et Marcus se rassit. Déjà Secundus se dressait de toute sa hauteur :

— Non seulement nous pouvons prouver qu'il y a eu meurtre, je demanderai à la cour de bien vouloir entendre mon témoin, mais c'est un double meurtre que nous avons à juger ! Je ne reparlerai pas des atrocités perpétrées sur la personne de Julia, mais il faut y ajouter l'assassinat d'un vagabond dont on a trouvé le cadavre près de sa cabane au Rozier. Cabane dans laquelle a été arrêté le prévenu. Sans doute le vagabond était-il un témoin encombrant du meurtre.

— Je sais, interrompit Marcus. C'est moi qui ai trouvé le cadavre ! Il portait une aumônière a son ceinturon. Puis-je demander au juge si cette aumônière lui a été remise ?

Le duovir fit un signe au scribe qui fouilla dans ses feuillets, en sortit un de la pile et vint le porter au président qui lut :

— Le mort portait sur lui : des braies et un sayon très usagés, des sandales à lanières, un ceinturon et une bourse de cuir qui renfermait : 3 as, un morceau de ficelle, 2 clous, 1 caillou, 1 briquet et une grosse perle d'ambre.

— Merci ! dit Marcus.

Secundus jeta sur Marcus un regard hébété.

— Plaît-il à l'accusation d'interroger son témoin ? demanda le président.

Sur une réponse affirmative de Secundus, des gardes amenèrent Tritos. Floris dardait sur son avocat un regard haineux.

— Calme-toi ! lui murmura Marcus. Je sais que tu es innocent et je le prouverai !

Tritos avait presque retrouvé figure humaine. On l'avait affublé d'un sayon propre qui lui descendait aux genoux. Les gardes restèrent à côté de lui pendant tout son interrogatoire.

— Tes noms et qualités ? lui demanda le juge.

— On m'appelle Tritos. Je suis esclave à Ateliacum. Je travaille pour Floris au chargement du four.

Marcus ne quittait pas du regard Secundus. Ce dernier se leva et dit :

— Que s'est-il passé le soir de la pleine lune de Dumann ? Répète ce que tu m'as dit hier !

Marcus en était certain, Secundus croyait de bonne foi à la véracité des dires de Tritos. Le témoin débita d'un trait la phrase apprise. La phrase qui selon les promesses de ses tortionnaires devait sauver sa tête :

— Un homme que je ne connaissais pas a déposé le cadavre de Julia fille de Germanus à côté de mon tas de bois et Floris m'a ordonné de faire brûler le corps.

— Menteur ! Pourriture ! C'est toi l'assassin ! rugit Floris.

— Cela en est trop ! hurla le duovir. Pour la dernière fois, maître Aper, fais taire ton client !

Marcus se leva :

— Oui, en effet, cela en est trop ! Irez-vous jusqu'à tolérer de faux témoignages pour faire accuser un innocent ? Tritos, connaissais-tu Julia fille de Germanus ? Je vais te simplifier la tâche, tu n'auras qu'à répondre oui ou non. Julia venait-elle à l'officine ?

— Non !
— Julia allait-elle à Ateliacum ?
— Non !
— Julia fréquentait-elle le *Coq Noir* ?
— Je ne sais pas, je ne l'ai jamais vue !
— Alors, comment sais-tu que le corps était celui de Julia fille de Germanus ?
Tritos ne savait plus ce qu'il devait répondre pour sauver sa tête.
— Ce silence équivaut à une réponse ! enchaîna Marcus. Maintenant, dis-nous si Floris avait l'habitude de venir la nuit pour voir charger l'alandier ?
— Non !
— Cette nuit-là, il est venu ?
— Oui !
Un murmure parcourut la salle.
— Je crois, reprit Marcus, que tu dis vrai. Floris est venu quand, de chez lui, il a vu que la fumée du four était noire. Mais il n'était pas là quand tu as mis la jeune fille morte dans le foyer. Ce n'est pas lui qui t'a donné l'ordre.
— C'est pareil ! C'est le vagabond qui avait apporté le corps qui m'a dit de le faire brûler. Il a dit que c'était un ordre de Floris !
— Ce vagabond est mort ! Il ne peut plus nous dire s'il t'a parlé de Floris. Ce qui ne prouverait rien, d'ailleurs ! Floris avait-il l'habitude de te faire donner des ordres par des étrangers à l'officine ?
— Ce qui se passait était inhabituel !
Du fond de la nef, un rire goguenard retentit ; c'était Lupus.
— Silence ! hurla l'huissier.
Marcus reprit :

— Ce n'est pas l'ordre d'un étranger qui aurait pu te décider à faire cette chose « inhabituelle » ! Mais plutôt les sesterces que t'a donnés cet homme. Cet argent, tu l'as bel et bien empoché, car tu as perdu au jeu beaucoup plus que tu ne gagnes !

Tritos bredouilla quelques mots en langue celte. Il se sentait perdu :

— Je ne comprend pas bien le latin...

Marcus répéta en dialecte arverne ce qu'il venait de dire. Secundus, qui était originaire de Narbonnaise, ne parlait pas un seul mot de ces langages barbares :

— Je réclame, dit-il, conformément à nos lois, que l'interrogatoire se déroule en latin !

— Je n'ai fait que répéter mot pour mot ce que j'avais dit en latin ! Je voulais fournir la preuve que si le témoin ne répondait pas, ce n'était pas parce qu'il ne comprenait pas, mais parce qu'il n'avait rien à répondre. Je n'ai plus de question !

— Plus de question, dit Secundus en écho.

Il commençait à réaliser qu'il ne suffisait pas d'une péroraison brillante pour gagner un procès.

C'est alors qu'attiré par le vacarme, l'auditoire se tourna vers le fond de la basilique. Les huissiers voulaient empêcher d'entrer Nestor qui tirait un vieil homme par la main droite et une paysanne moustachue par la main gauche. Nestor hurlait :

— Dites à maître Aper que les témoins de la défense sont prêts à être interrogés !

— Silence ! crièrent ensemble l'huissier et le duovir qui tabourinait sur la table.

— Dans le seul but de rechercher la vérité, je sollicite l'audition d'un témoin essentiel ! dit Marcus.

— Je crains, rétorqua le duovir, que l'interrogatoire

d'une personne étrangère à cette affaire ne serve qu'à nous faire perdre notre temps !

— Je souhaite entendre le témoin de la défense ! interrompit Secundus qui ne s'était jamais dérobé et comptait bien battre Marcus sur son propre terrain.

On aurait entendu une mouche voler. Le public était captivé ; le spectacle reprenait.

Le vieil homme avança devant la table. Il était honteux, gêné.

— Tes noms et qualités ? lui demanda le juge.

— Pullus ! bredouilla-t-il, je suis métayer à Ritum.

— Eh bien, parle ! Qu'as-tu à nous dire ?

— Je suis pauvre, très pauvre. Ma femme est morte. J'ai sept filles et pas assez d'argent pour les nourrir... (Le duovir tapotait sur la table.) Je n'ai pas assez d'argent pour les marier, pas un garçon n'en veut ! Alors, je me suis décidé à vendre Rosa, la plus jeune. Je voulais lui éviter la honte des enchères au marché aux esclaves. J'ai rencontré Atelia sur le forum, je lui ai parlé et nous sommes tombés d'accord. Je devais lui amener Rosa. Le lendemain, un homme est venu, il m'a dit qu'il venait de la part d'Atelia, que ce n'était pas la peine que je l'accompagne, que si la petite faisait l'affaire, il rapporterait l'argent convenu.

— Et tu l'as cru ? demanda Marcus.

— Oui ! Atelia m'avait fait bonne impression. Elle a bonne réputation.

— Et l'homme ?

— Il venait de la part d'Atelia. Mais il n'a pas rapporté d'argent et je n'ai jamais revu Rosa. J'ai envoyé mon aînée chez Atelia qui a dit que personne ne lui avait amené Rosa et qu'elle n'avait envoyé personne.

— Quel rapport cela a-t-il avec notre affaire ? interrompit Secundus. Nous ne sommes pas ici pour retrouver une esclave qui a disparu mais pour juger l'assassin de Julia.

— J'affirme devant ce tribunal, clama Marcus, que la déposition de ce témoin est capitale dans l'affaire qui nous concerne. Je n'ai plus qu'une question à poser au témoin : quel jour l'inconnu est-il venu chercher ta fille ?

— Le soir avant la pleine lune de Dumann.

— Alors, reprit Marcus, je peux vous prouver que le corps qui a été incinéré est celui de Rosa et non celui de Julia.

Le juge frappa sur la table et dit d'une voix tonitruante :

— Pullus ! Pourquoi n'as-tu pas porté plainte pour la disparition de ta fille ? Ce n'est ni le lieu ni l'heure ! Il fallait aller voir l'édile.

— L'édile était au courant. Mais la disparition d'une esclave, personne ne s'en préoccupe.

— Je trouve, intervint Secundus, que nous nous en préoccupons trop aujourd'hui ! Je n'accuse pas Floris d'avoir assassiné ta fille !

— J'en prends bonne note ! glissa Marcus.

Secundus poursuivit en haussant le ton :

— J'accuse Floris d'avoir assassiné la fille de Germanus pour se venger de lui. Il le rendait responsable du déclin de son entreprise.

Marcus bondit :

— Il ne peut y avoir d'assassin sans victime ! Julia est vivante.

— Alors, Floris, rends-la-moi ! hurla Germanus. Rends-la-moi, Floris !

— Je n'ai pas ta pimbêche de fille ! aboya Floris hors de lui.

Le duovir cognait si fort avec son marteau que le manche se cassa. Le flamine, qui n'avait pas encore ouvert sa bouche sacerdotale, se leva. Tous se turent et l'écoutèrent :

— Que les dieux nous assistent, qu'ils rendent la paix à nos esprits et nous conduisent sur le chemin de la vérité ! Maître Aper, il n'y a qu'une seule façon de nous faire croire que Julia est vivante : amène-la au tribunal !

— Donnez-moi vingt jours et je reviendrai avec elle !

— Pourquoi vingt jours ? demanda Secundus.

— Pour te laisser le temps d'étudier ton dossier ! rétorqua Marcus.

Les rires fusèrent dans le public. Huissiers, édile, duovirs n'arrivaient plus à faire taire la foule.

— Évacuez la salle ! cria le président. La séance est remise à vingt jours ! Conduisez les prévenus à la prison de la curie !

Et la cour se retira. Floris eut beau se débattre, les sbires le bousculèrent avec Tritos jusqu'à la petite porte de l'abside.

Secundus chercha Marcus ; mais Nestor et lui avaient déjà disparu.

Le soleil était à son zénith quand Marcus et Nestor traversèrent le forum. L'avocat n'avait aucune envie de se retrouver en tête à tête avec l'édile.

— Va chez Primus ! dit-il à Nestor. Charge la malle dans la rheda ! Nous partons en voyage.

— Je prendrais le temps de dîner, si tu n'y vois pas d'inconvénient !

— As-tu déjà navigué en mer ?

— J'ai déjà le mal de l'eau en descendant une rivière paisible, alors, les vagues, je préfère ne pas y penser !

— N'y pense pas ! Mange du solide et ne bois pas trop ! C'est le seul moyen de supporter la mer. Nous partons pour Thuburbo !

— Dans la Province d'Afrique ? Quand je songe qu'avec toutes mes qualités j'aurais pu devenir l'affranchi d'un riche sédentaire, un cultivateur par exemple, avec une femme, une seule ! et plein d'enfants !

— Tu t'ennuierais, Nestor ! Tu t'ennuierais ! Je t'avoue que moi aussi je crève de faim ! Je vais me faire inviter à dîner par Rosemerta. Ne traîne pas et viens me chercher ! Il faut rejoindre Narbo au plus vite et trouver un bateau en partance pour la Province d'Afrique.

Rosemerta l'accueillit comme un vieil ami de la famille et lui proposa de partager le repas de la mi-journée avec elle et ses filles. Il en profita pour se renseigner sur les maisons de plaisir de Thuburbo.

— Tu caches bien ton jeu ! gloussa Rosemerta. Je ne te soupçonnais pas une telle curiosité érotique ! Aller aussi loin pour découvrir d'autres filles ! Mais ne te fais pas d'illusions, les plus jolies que tu verras là-bas viennent de Gaule. Si tu veux te dépayser, tu n'as qu'à monter avec cette ravissante enfant berbère dans le boudoir africain !

— Je vais à Thuburbo pour affaire, mais j'aimerai passer une soirée dans la meilleure maison de l'endroit ! Justement, je ne suis pas à la recherche d'exotisme. Je préfère rencontrer des Gauloises.

— Je sais que les plus jolies filles sont chez une certaine Flora ! Mais je te préviens, en un soir chez elle, tu dépenseras la somme d'argent qui t'aurait permis de vivre un mois ailleurs.

Tout en bavardant, Marcus avait englouti deux assiettes d'amuse-gueule et la moitié d'un confit d'oie. Malgré les conseils dispensés à Nestor, le tout arrosé de nombreuses cervoises ; la route serait longue avant d'arriver à la mer !

Il renonça à aller voir son client dans son cul-de-basse-fosse, il n'avait pas envie de subir une fois de plus la charge du sanglier. Cela ne ferait en rien progresser son enquête ; ce ne serait qu'une perte de temps. Floris avait assez de rage en lui pour tenir le coup et sous les verrous il ne ferait plus de bêtises. Marcus pensa qu'il en profiterait pour le faire passer pour une victime. La foule est si versatile !

Dès qu'il entendit les sabots des chevaux marteler les pavés à l'entrée de la venelle, Marcus prit congé de Rosemerta et de ses pensionnaires.

— Amuse-toi bien ! lui crièrent les servantes d'Éros avec un sourire coquin.

— Nestor, en route ! On change de chevaux à chaque relais et on file à Narbo d'une seule traite !

— On mange quand ?

— On mangera des saucisses pendant que le palefrenier attellera !

— Heureusement que j'ai pris mes précautions ! J'ai fait charger un panier avec de la charcuterie, du fromage et des galettes par le cuisinier de Primus ! Et rassure-toi, je n'ai pas oublié le petit tonneau de cervoise. On s'arrête pour la nuit ?

— Non ! On dormira chacun son tour. Tu te reposeras pendant que je prendrai les rênes.

— C'est parti ! cria Nestor en fouettant les chevaux.

À la mi-journée du deuxième jour, ils arrivaient à Narbo Martius par la via Domitia. Marcus ne put s'empêcher de penser que cette route avait été créée par Domitius Ahenobarbus, le vainqueur du roi arverne Bituit et que Narbo avait été la première cité romanisée de Gaule[1]. Elle était maintenant une grande et belle ville, la capitale de la colonie sénatoriale de Narbonnaise, le carrefour des routes vers l'Aquitaine, les Celtibères et les Latins, mais surtout, Narbo était le deuxième port maritime de Gaule.

Ils pénétrèrent dans la cité en empruntant le cardo qui prolongeait la via Domitia. Ils traversèrent le quartier des riches villas et descendirent la pente douce de la grande rue nord-sud flanquée d'insulae qui s'alignaient dans un ordre géométrique parfait. Ils débou-

1. 118 avant J.-C.

chèrent au cœur de la ville, sur la place du forum. Là trônait le capitole en marbre de Carrare, le plus vaste temple dédié à Jupiter, Junon et Minerve de toute la Gaule. Ce temple, ceinturé de onze colonnes sur trois côtés et huit en façade, était prolongé par une grande esplanade qui faisait face au forum, lui-même entouré d'une colonnade. C'était grandiose ! Le soleil de la mi-journée éclairait les statues des proconsuls et des armateurs qui avaient fait la gloire de la cité.

Marcus descendit de voiture. Il était écrasé par l'imposante masse du capitole, deux fois plus haut que le temple de Nemausus dédié aux Princes de la jeunesse[1]. Il contempla la beauté du relief sculpté sur le fronton : deux aigles tenaient dans leur bec des guirlandes au-dessus desquelles on voyait deux flammes surmontées d'une draperie.

Nestor interrompit la rêverie admirative de Marcus :

— On visite, ou on travaille ?

Rappelé à la réalité, Marcus remonta en voiture. L'important était de rejoindre la mer, or Narbo avait la curieuse particularité pour un port maritime de ne pas être en bordure de mer !

Entre la cité et la mer s'étendait le lac Rubresus, c'est-à-dire les étangs qui représentaient le delta de l'Aude dont un bras traversait Narbo. C'est par les étangs et le fleuve, que l'on avait canalisé, que les marchandises atteignaient les quais de Narbo. Mais le fleuve ne pouvait recevoir les navires de haute mer. Entre le port et les quais marchands de la cité circulaient une multitude de barques, barges, allèges et radeaux.

1. Maison Carrée de Nîmes. Temple dédié à Lucius et Caius, fils d'Agrippa, adoptés par Auguste.

Nestor se sentait perdu, il finit par se résoudre à demander son chemin :

— Je pense, dit le passant qu'il avait interrogé, que tu cherches le nouveau port ? L'ancien est ensablé !

— Je cherche un port avec des bateaux qui arrivent et des bateaux qui partent ! cria Marcus agacé.

— Alors, tu continues le cardo vers le sud jusqu'au pont de l'Aude. Tu verras les quais marchands, au croisement, tu prends la route qui va vers le couchant et à peu près deux ou trois milles plus loin[1], tu arrives au bord du lac, c'est le port !

Ils purent filer à vive allure ; la route était déserte, marchandises et voyageurs empruntaient la voie fluviale. Le soleil était encore haut quand ils arrivèrent devant la statue d'Hercule qui se dressait à l'entrée du port. Des entrepôts, des citernes, des réservoirs s'alignaient sur le quai. Mais l'agitation était sur l'eau, si l'on peut dire, car l'eau on ne la voyait plus tant elle était couverte de petites embarcations de toute sorte. Trois vaisseaux de haute mer étaient à quai. Les deux premiers étaient des corbitae, navires de charge aux flancs rebondis, très larges par rapport à leur longueur, marchant à la voile et n'ayant qu'un seul mât. Ils avaient la poupe et la proue recourbées à la même hauteur, de sorte que ces bateaux ressemblaient à des corbeilles. L'autre navire, d'un plus gros tonnage, avait la proue qui se redressait en pointe au-dessus d'un éperon très saillant et la poupe recourbée en volute. C'était un ponto. Il possédait deux mâts dont l'un était un petit mât de misaine incliné vers l'avant. Le ponto pouvait transporter dix mille talents[2] de fret.

1. Soit cinq kilomètres.
2. Environ deux cent cinquante tonnes.

Il ne restait plus à Marcus qu'à se renseigner pour savoir si l'un de ces navires était prêt à lever l'ancre pour Colonia Junonia[1]. Sans hésiter, il se dirigea vers l'enseigne d'une taverne : *Au tonneau d'Hercule*.

L'ambiance était joyeuse, tous les gars, torse nu, foulard bariolé sur la tête, chantaient en chœur, un verre à la main. Nul ne s'aperçut de l'arrivée des étrangers. Cette vieille rengaine de marin, Marcus la connaissait ; c'était celle que chantaient les matelots pendant la campagne de Bretagne contre Boudicca. À l'étonnement de Nestor, de sa belle voix de bronze, il se mêla à la chorale. Il n'était pas de meilleur moyen pour rompre la glace. Quand ils entonnèrent le dernier couplet, tout naturellement, son voisin lui prit la main pour la farandole. Tables et tabourets jonchaient le sol les pattes en l'air, et les éclats de rire remplaçaient les applaudissements. Le silence succéda au vacarme, on remit les meubles debout et Marcus, un tabouret à la main, se heurta le front à celui de son voisin qui redressait une table. Le marin le dévisagea et dit :

— T'es venu pour fêter le départ ? T'es pas d'ici, toi ?

— J'arrive de voyage et je ne veux pas faire de vieux os au port ! Je veux embarquer pour Junonia !

— T'as pris le bon vent, camarade ! Le ponto lève l'ancre à l'apparition de la lune. Mais on ne prend pas de clandestins, chargement exceptionnel ! Il y aura du beau monde à bord, Vénus, les nymphes, les tritons... tout ça en marbre des Pyrénées pour la domus de Barcos ! Dépêche-toi d'aller payer ton passage au bureau de l'armateur, c'est le troisième hangar après la statue

1. *Colonia Junonia* : ville reconstruite par les Romains à l'emplacement de Carthage après sa destruction (Tunis).

d'Hercule. On trouvera bien une place pour toi entre deux fûts de colonnes !

— Il me faut deux passages !

— Ah oui, le rouquin ? Pourquoi il a pas chanté, il est fier ou il est muet ?

— Il n'a jamais pris la mer.

— Si ça danse, on va rigoler !

L'aubergiste tira bon avantage de sa complaisance, il mit la rheda à la remise et les chevaux à l'écurie.

L'horizon flamboyait quand Marcus et Nestor mirent le pied sur la passerelle. Marcus Aper avait décliné son identité au bureau de l'armateur, il fut donc accueilli à bord avec les honneurs dus à son rang. Une tente avait été dressée pour son usage personnel sur le pont arrière. Nestor déposa la malle qui servit de table entre les deux paillasses. Dans un coin, un trépied cloué au pont portait un chaudron d'eau douce et dans un autre coin, une lampe à huile et un panier de fruits les attendaient posés sur une caisse vide renversée.

Pendant que Nestor sortait du coffre cache-nez et capes à capuchon qui lui semblaient indispensables pour les frimas nocturnes, Marcus se dirigea vers la proue pour assister à la manœuvre et faire connaissance avec le capitaine. Déjà le grand mât ressemblait à un arbre d'Afrique assailli par les ouistitis. Les voix des contre-maîtres répondaient en écho aux ordres du capitaine. Le monstre s'ébranla. Les voiles claquèrent. Les barges laissées loin derrière, le ponto glissait et on ne voyait toujours pas la mer. Soudain, les premières vagues vinrent de plein fouet frapper la poupe. Nestor, l'écharpe enroulée autour de sa moustache, arriva près de Marcus en titubant :

— Qu'est-ce qui se passe, ça bouge ?

— C'est le tangage ! Regarde l'horizon, nous sommes en mer !

Le navire prit sa vitesse de croisière. Chacun à son poste, le calme revint à bord. Le vent arrière gonflait la misaine. Le capitaine vint saluer son passager :

— Par Neptune ! Mais c'est le marcassin ! dit-il joyeusement.

Marcus se retrouva projeté seize ans en arrière. Il n'avait que dix-huit ans quand il avait fait son service dans la cohorte des auxiliaires gaulois. Dans le fond, il gardait un bon souvenir de son aventure en Bretagne insulaire. Il faut préciser qu'en celte, « Aper » signifie « sanglier » ; et comme il était le plus jeune cavalier, tous l'avaient surnommé « le marcassin ». Marcus n'arrivait pas à remettre un nom sur ce visage buriné encadré d'une toison brune et bouclée. Pourtant ces deux petits yeux d'un bleu si clair lui rappelaient ceux d'un ami.

— Luern ! Tu te souviens ? Qu'est-ce qu'on a pu descendre comme cervoises ! Tu n'as pas oublié ? Le marcassin est devenu sanglier mais je vois que tu es resté fidèle à ta moustache !

— Mon talent est au bout de ces poils ! dit Marcus.

Le bon rire de Luern entrouvrit les portes de la mémoire de Marcus :

— On t'appelait le dauphin ! Tu ne ratais pas une occasion de sauter à l'eau pour nager !

— On va fêter ça !

Et il entraîna Marcus dans la cale où un petit réduit en planches lui servait de cabine. Sans attendre l'ordre de son capitaine, un marin apporta la cervoise.

— Qu'est-ce que tu vas faire à Colonia Junonia ? Il

paraît que tu es avocat ! Tu vas plaider dans la Province d'Afrique ?

— Non ! Je suis à la recherche d'une fille et de deux hommes. Je pense que je les trouverai à Thuburbo.

— C'est dans les terres ! À plusieurs heures de la côte ! Si je peux t'aider...

— Tu le peux au moins pour les hommes. L'un d'eux est celui pour lequel tu transportes des colonnes et des statues !

— Barcos ?

— Oui !

— Tu ne le trouveras pas à Thuburbo. Il a une superbe villa sur la colline qui domine Utica. Un vrai palais ! C'est mon patron, tu es sur un de ses bateaux. Il en a un autre, une corbita qui est en mer. Si ça s'est bien passé pour eux, ils devraient arriver au port dans deux jours ; juste deux jours avant nous. Ils ont chargé des poteries et des esclaves à Narbo.

— Je pense que ce que je cherche doit être sur ce vaisseau.

— La fille, c'est une esclave ?

— Peut-être. Mais elle n'a pas été achetée en bonne et due forme. Elle a été enlevée à ses parents.

— Tu es l'avocat du père ?

— Pas exactement !

— C'est la fille qui t'intéresse ?

— C'est plutôt ça !

— Sacré marcassin ! Tu te souviens de notre petite esclave icène[1]... Elle ne voulait pas choisir entre nous deux, elle disait qu'elle nous aimait tous les deux !

1. Icène : Boudicca était reine de la tribu des Icènes.

— Oui ! Mais celle que je cherche n'est pas une putain !

— Si elle était sur la corbita, c'est quand même au bordel que tu la trouveras ! Elle est jeune et jolie ?

— Oui !

— Alors elle va atterrir chez Flora à Thuburbo ! Tiens, à l'arrivée on y fera une virée ; étape obligatoire entre deux traversées !

Ils trinquèrent et avalèrent leur pichet de cervoise d'une seule traite.

— Et ton deuxième homme ?

— Un certain Lucter !

Luern s'abstint de tout commentaire et se leva :

— Je dois aller surveiller le gouvernail ! Le premier repas est servi au lever du jour. Viens avec ton ami !

Marcus retrouva Nestor enroulé dans son bardocucullus[1] et recroquevillé sur sa paillasse. Un gémissement s'échappa de la capuche :

— Ça bouge !

— Heureusement ! conclut Marcus en se laissant choir sur sa couche.

Doucement bercé par le roulis et le tangage, Marcus dormit comme un bébé. À son réveil, Nestor avait disparu. Il le retrouva derrière la tente, la tête penchée au-dessus du bastingage...

— Quelle nuit ! grogna Nestor.

— Viens manger une galette, il faut que tu te mettes du solide dans la panse !

— Peux pas ! murmura Nestor entre deux hoquets.

Le ciel était bleu. Éole les gratifia de son souffle divin.

1. *Bardocullus* : manteau gaulois à capuchon.

L'avocat avait beau triturer sa moustache, une petite phrase revenait sans cesse en conclusion à ses méditations : « Il manque un maillon ! »

Le capitaine se levait et rangeait son couteau pliant dans sa poche, quand Marcus arriva dans la cale pour prendre son premier repas :

— Alors, marcassin ! La nuit a été bonne ?

— Presque ! Nous n'avons pas achevé notre conversation hier !

— Excuse-moi ! Je dois surveiller le cap !

— Ce Lucter, pourquoi ne veux-tu pas m'en parler ?

— « Le molosse » ? Cela ne te rappelle rien ?

— Ce chien enragé qui saignait ses victimes à la nuque ? C'est lui ?

— Un chien a toujours un maître !

— Son maître, qui est-ce ?

Luern ne répondit pas ; alors, Marcus murmura :

— Barcos ?

— Barcos a peur du molosse, je ne crois pas qu'il en soit le maître.

— Il arrive qu'un maître ait peur de son chien !

— Le maître serait un lâche ! Barcos n'est pas un lâche. Je ne sais rien de plus. Je n'ai pas besoin d'en savoir plus. J'aime la mer, je commande ce navire et Barcos me paye bien. À plus tard !

« Il manque un maillon ! » se répéta Marcus.

Ils avaient navigué trois jours et quatre nuits quand ils accostèrent à Colonia Junonia. Le capitaine prit congé de Marcus et de Nestor en haut de la passerelle :

— Content de t'avoir revu ! Nous levons l'ancre dans deux jours, si tu veux profiter du retour ?

— Tu m'avais proposé une petite virée chez Flora ?

— Excuse-moi ! Je n'aurai pas le temps, trop de travail aux docks !

— Compris, dauphin ! Tu aimes trop la mer, tu risquerais de perdre ton bateau ! Chacun sa vie ! Les dauphins vivent dans l'eau, les marcassins piétinent les bauges ! Content de t'avoir revu !

Nestor poussa un grand soupir en posant le pied sur la terre ferme :

— J'y suis, j'y reste ! Plus question de me faire ballotter sur de la flotte ! J'ai toujours détesté la flotte !

— Moi aussi, dit Marcus avec un petit sourire, mais seulement dans mon verre ! Si tu ne veux pas reprendre le bateau, tu vas devoir te trouver un emploi ici ! En attendant, il nous faut acheter des chevaux !

— Des chevaux ? Et la malle ?

— On prend une chambre à la taverne du port, on laisse la malle et on galope à Thuburbo.

— Et on ramène Lucter et la fille en croupe ?

— Il me manque un maillon ! grommela Marcus. Nestor se contenta de hausser les épaules.

Nestor avait mené bon train les préparatifs pour l'expédition. En braies, sayon et manteau de voyage, Marcus et lui traversèrent Colonia Junonia en direction du sud et atteignirent le lac salé deux heures avant midi. Ils chevauchaient sur la piste depuis environ une heure, quand ils arrivèrent à l'aqueduc qui, depuis une source au pied du mont Zaghouan, ravitaillait la capitale en eau potable. Ils obliquèrent vers l'est et suivirent un cours d'eau asséché.

Sous la chaleur torride, Marcus sentait sa peau se craqueler comme le lit de la rivière. Nestor ne supportant pas mieux le soleil que la mer, on ne voyait plus que ses trois poils de moustache qui dépassaient de son capuchon. Ils chevauchaient à bride abattue dans un nuage de poussière sans rencontrer le moindre village, la moindre habitation.

Enfin, après sept heures de cavalcade, ils arrivèrent au pont du Fahs et quelques minutes plus tard pénétraient dans Thuburbo.

— Quelle idée de construire une ville au milieu de rien du tout ! grommela Nestor en descendant de cheval.

Seule la chaîne du haut tell barrait l'insipide répétition des champs de sorgho et des troupeaux de moutons. Mais quelle ne fut pas leur surprise de découvrir un foisonnement de monuments ! Thuburbo Majus, fondée par Auguste, était encore une colonie sous la férule de pionniers et d'aventuriers.

Du haut des marches du capitole ils purent repérer le temple de la Paix, celui de Mercure, au centre la grande place carrée du forum, au sud la place du marché avec ses marchands berbères assis à même le sol autour de sacs de céréales, d'amphores d'huile, de paniers de dattes ou d'olives, plus loin les thermes d'été précédés de la palestre qui jouxtait le temple de Saturne — sous ce nom se poursuivait le culte punique de Baal Hammon. Enfin, vers l'est, une autre place à colonnade et les thermes d'hiver au-delà desquels s'imbriquaient en fouillis les venelles du bas quartier.

Marcus et Nestor firent le tour de la cité à la recherche d'une auberge. La seule qui put les accueillir était sise au fond des bas quartiers. Ils confièrent leurs chevaux au serviteur de la taverne et poussèrent la porte au-dessus de laquelle était peinte la silhouette de Priape, le dieu particulièrement favorisé par la nature ! Ils prirent le temps d'avaler quelques cervoises qu'ils trouvèrent infectes. On leur précisa que les indigènes fabriquaient leur breuvage avec des grains de sorgho.

— Du pipi de bourricot ! grogna Nestor.

Marcus confia à son factotum le soin de régler les problèmes de logement et se précipita aux thermes.

A la nuit tombée, Nestor était déjà endormi, tandis que son maître, rasé, baigné, massé, ayant enfilé la tunique que Nestor avait eu la précaution d'enfouir dans une sacoche, et surtout ayant copieusement soupé à la table de *Chez Priape*, se trouvait fin prêt pour se rendre chez ladite Flora.

Après s'être fait indiquer le chemin, il traversa la

place du marché. À l'angle se dressait une statue d'un des bienfaiteurs de la cité. Le corps avait l'épaisseur d'un bas-relief, seule la tête était en ronde bosse. C'était un homme rude à la barbe embroussaillée avec, dans le visage très réaliste, une expression de rusticité marquée par les années et l'expérience de la vie.

« Sans artifice ni délicatesse ! se dit Marcus. Ainsi doivent être les gens d'ici ! Des vétérans des légions devenus exploitants agricoles par la grâce de Néron. » Il se souvint que l'empereur avait fait tuer les six grands propriétaires possédant la moitié de la province pour s'approprier leurs terres et les distribuer en parcelles à ses vétérans.

Marcus se sentait loin, très loin de Rome et de sa Gaule ! « Ces anciens soldats doivent avoir recours au rudoiement militaire pour diriger une main-d'œuvre indigène punique et berbère ! »

C'est dans le renfoncement d'une ruelle qui zigzaguait en labyrinthe qu'il trouva la domus de Flora. Un esclave vint lui ouvrir :

— Je ne te connais pas ! dit le serviteur avec un air suspicieux. De la part de qui viens-tu ?

Par chance, le patron de *Chez Priape* lui avait conseillé de se recommander de son ami Cuttinus, un habitué de chez Flora. La mine du videur se radoucit :

— Attends ! Je vais voir !

Quelques minutes plus tard, un homme en toge, qui ressemblait à la statue de la place du marché, arriva dans l'entrebâillement de la porte :

— Qui es-tu ?

— Je m'appelle Marcus ! Le tavernier de *Chez Priape* m'a dit de m'adresser à toi. Je suis marchand et la renommée de cette accueillante maison est venue jusqu'à Rome !

— Que vends-tu ? lui demanda Cuttinus.

— J'achète ! Il paraît que je trouverai ici de la laine de mouton à des prix plus intéressants qu'en Gaule. Mais ce soir, je ne suis pas venu pour ça !

— Alors nous en parlerons demain ! Viens à ma table, nous buvons entre amis !

Flora, une Berbère d'une trentaine d'années, était la seule femme du lieu, elle veillait au bon déroulement du service. Quatre hommes étaient assis derrière une table en demi-cercle. La nappe et la mosaïque du sol, qui représentait des médaillons dans lesquels s'inscrivaient une Vénus, un palefrenier, un pugiliste et des animaux, sangliers, chevaux, antilopes, étaient recouvertes des reliefs du banquet.

Cuttinus lui présenta les convives, tous membres de la même confrérie. Il n'y avait aucun doute que ces quatre hommes en toge étaient d'anciens légionnaires. Cuttinus proposa à Marcus de boire à la gloire d'Avica, son cheval champion. On porta toast sur toast, et quand l'ambiance commença à s'échauffer, Marcus dit :

— Je m'étonne de ne pas trouver Lucter parmi vous ?

— Tu connais Lucter ? demanda Cuttinus.

— J'aurais aimé le rencontrer.

— Il n'aime pas beaucoup la concurrence ! Acheter et vendre, c'est son métier...

— Fait-il partie de votre confrérie ?

— Oui ! Il possède des chevaux de course, comme nous tous ! Avoue que c'est pour cela que tu es venu ! Ton histoire de laine, ça ne tient pas debout ! Tu veux acheter un étalon à Lucter ?

— Tu crois qu'il sera vendeur ?

— Cela dépend du prix ! Il avait à faire ; il sera là demain.

— On peut croire à sa parole ?

— Je ne te conseille pas de la mettre en doute !

Tous partirent d'un rire graveleux. Marcus fit signe à Flora. Il se leva et la rejoignit à l'écart du groupe. Ayant jugé qu'il avait perdu assez de temps, Marcus attaqua :

— On m'a dit que tu avais les plus jolies filles de Proconsulaire. Je ne suis pas ici pour passer la nuit avec des hommes !

— Il est encore bien tôt ! rétorqua Flora en gratifiant son hôte d'un sourire professionnel.

— J'ai assez bu, je n'aime pas faire l'amour quand je suis ivre ! Je veux voir tes pensionnaires !

— On paie d'avance ! répliqua-t-elle avec le même sourire.

Il sortit une poignée de pièces d'argent de sa bourse. Flora n'en laissa qu'une dans la paume de la main de Marcus et glissa les autres dans la poche de son corsage :

— Viens !

Elle l'entraîna dans le pavillon à droite du salon. Des petites portes s'alignaient de part et d'autre d'un long couloir. Elle ouvrit la première porte. Marcus découvrit un réduit sans fenêtre éclairé par une lampe à huile dont la flamme faisait danser la fresque peinte sur le mur au-dessus d'un lit.

— Peut-être un peu trop conventionnel ? suggéra Flora en montrant la peinture qui représentait un homme nu allongé sur une femme nue couchée sur le dos.

Elle alla ouvrir toutes les portes et dit :

— Choisis !

Les cellules, toutes du même modèle, avaient chacune une image différente qui représentait la spécialité de la titulaire du lieu : caresses buccales, sodomie, flagellation, d'invraisemblables figures de culturisme à trois, à quatre, même des animaux prenaient part aux ébats... Marcus ne savait pas s'il allait éclater de rire ou se mettre en colère :

— Ce n'est pas la façon dont je ferai l'amour que je veux choisir, c'est la fille avec laquelle je le ferai !

— Mais chacune a ses petits talents particuliers ! J'ai besoin de connaître tes goûts !

— Montre-moi tes filles ! J'ai envie d'une vraie Gauloise, une blonde !

— Tu viens d'arriver et tu as déjà le mal du pays ? Les blondes, c'est plus cher !

Marcus lui tendit la dernière pièce d'argent qui lui restait.

— Viens ! Les jeunes filles en provenance d'Europe sont dans le pavillon de la Vénus marine.

L'extrémité du couloir arrivait dans un péristyle dont le sol était couvert d'une mosaïque représentant Vénus portée au-dessus des eaux par deux centaures marins. Elle ouvrit la porte d'une des chambres qui donnaient dans la cour intérieure. La pâle clarté de la lune nimbait de mystère la pièce tendue de tissus dans laquelle trônait un immense lit recouvert de coussins moelleux. Sur un guéridon, on avait posé un panier de dattes, une œnochoé de vin et deux gobelets.

— Sers-toi à boire, je reviens avec mes merveilles !

— Fais-moi plaisir, je veux la dernière arrivée ! Je n'aime pas les femmes trop expérimentées.

Flora revint, précédée de trois jeunes femmes drapées dans des voiles qui ne laissaient rien ignorer de leur galbe voluptueux. Elles étaient couvertes de bijoux d'or... La première avait plus de vingt ans, la deuxième avait les cheveux couleur de châtaigne, et la troisième, immense, sculpturale avec ses cheveux blond filasse, devait venir des bords du Rhin. Aucune d'entre elles ne pouvait être Julia.

— Je dois être mal informé ; on m'avait dit que tu venais d'accueillir une petite Gauloise très jeune et très belle ? .

— Tu es très bien informé, au contraire. Il vient d'arriver quatre jeunes Gauloises. Elles ne connaissent pas encore le métier, il faut faire leur éducation avant de leur permettre de rencontrer la clientèle.

— Je suis l'homme qu'il leur faut pour un premier rendez-vous !

— L'une d'elles est encore vierge !

— Je la veux !

Flora fit signe à la grande Germanique d'aller chercher la pucelle. Marcus attendait, le cœur battant ! Elle arriva. Il la regarda. Elle n'était pas blonde !

Flora remarqua la mine déçue de son client :

— Elle est un peu maigrichonne et timide, mais dans quelques mois, ce sera une beauté !

— C'est bon ! Laisse-nous ! dit Marcus.

Flora alluma la lampe, sortit avec ses trois filles et referma la porte.

— Je m'appelle Carilla ! fit la gamine en enlevant sa tunique avec un petit air triste de chiot grondé.

Marcus lui fit gentiment signe de ne pas se déshabiller. Il lui servit un verre de vin et l'invita à s'asseoir sur le lit à côté de lui.

— N'aie pas peur ! Je ne te toucherai pas. Je veux seulement bavarder. D'où viens-tu ?

— C'est Lucter qui m'a achetée au marché de Condatomagus. Je n'ai jamais eu de père. Ma mère est esclave. Il y avait d'autres esclaves qui avaient des enfants chez nous. Les maîtres permettent aux femmes d'élever leurs enfants et quand ils sont grands, ils les vendent pour se rembourser la nourriture. Toute petite, j'ai toujours su que je serai vendue, mais je ne savais pas que j'irai si loin, de l'autre côté de la mer, dans une maison de plaisir.

Elle pleurait doucement, sans bruit. Marcus ne trouvait pas les mots pour la consoler. Il lui prit la main et poursuivit :

— Lucter a acheté combien de filles au marché ?

— Quatre ! Elles sont toutes ici avec moi.

— Est-ce qu'il y avait une autre jeune fille gauloise avec vous sur le bateau ?

— Non ! On était toutes les quatre dans la cale. Il n'y en avait pas d'autre.

— Tu es certaine que toutes les quatre, vous avez été achetées sur le marché ?

— On s'était vues là-bas. On attendait notre tour ensemble. On a été heureuses d'être achetées par le même maître.

— Je vais te dire un secret : je cherche une jeune fille qui s'appelle Julia !

— Flora nous a donné à toutes un nouveau nom.

— Mais entre vous, vous connaissez vos vrais noms ?

— On n'a pas le droit de le dire. Mais moi aussi, je vais te confier un secret : on se le dit quand même ! Aucune de nous ne s'appelait Julia. Moi, c'est : Albilla !

— Merci de m'avoir fait confiance, Albilla. Et Barcos, tu le connais ?

— Non ! Qui est-ce ?

— Le patron de Lucter.

— Lucter, c'est lui le maître ! Je ne connais pas de Barcos.

— Oublie tout ce qu'on vient de dire. N'en parle à personne ! Et donne-moi ta parole de ne plus pleurer !

— Je sais, mes amies me disent que je suis sotte ! C'est beau ici, on mange bien, Flora nous a promis de beaux bijoux si on fait tout ce qu'elle nous commande, mais j'ai un peu peur des hommes ! Je suis contente que tu sois mon premier, tu es gentil !

— Je ne serai pas ton premier, Albilla !

Il l'embrassa sur le front et sortit.

Elle sanglota derrière la porte :

— Reste, je t'en supplie ! Si je suis encore vierge, Flora va me punir !

Il pressa le pas. Il se sentait coupable, il aurait dû offrir un souvenir de tendresse à cette pauvre gosse. Il n'avait pas pu. Son cœur débordait de pitié. Il aurait aimé finir la nuit chez Atelia, avec elle, il chavirait dans le plaisir.

Nestor ronflait quand Marcus regagna sa chambre *Chez Priape*.

Après une bonne nuit, Nestor était frais et dispos. Il n'en allait pas de même pour Marcus. Il était là bourru, assis devant ses galettes auxquelles il ne touchait même pas. Enfin, il se décida à rompre le silence :

— J'ai perdu mon temps ! Julia n'est pas chez Flora. Pourtant, je suis certain qu'elle est vivante !

— Tu t'entêtes ! grogna Nestor. Ce Floris n'est pas net ! Dès qu'il y a un crime, on le voit dans les parages. Il faut te rendre à l'évidence, c'est lui qui a tué la fille de Germanus.

— Elle vit ! Je te le dis. Elle a été enlevée. Je ne partirai pas d'ici sans l'avoir trouvée.

— Et Lucter ?

— Il n'était pas au banquet. Pourtant il aurait dû y être !

— Si nous allions chez Barcos ? Il a une villa à Utica. Cela nous rapprochera du port ! N'oublie pas qu'il ne nous reste que onze jours avant le procès.

La mort dans l'âme, Marcus dut admettre qu'il était inutile de rester plus longtemps à Thuburbo. Julia n'était pas chez Flora !

Ils montèrent à cheval et reprirent la même route en sens inverse. Ils arrivèrent à Colonia Junonia en fin d'après-midi. Nestor alla traîner sur le port, histoire de s'enquérir des bateaux en partance, tandis que Marcus se précipitait aux thermes.

À la nuit tombée, ils se retrouvèrent à l'auberge du port, attablés devant deux écuelles de ragoût de mouton accompagné d'une platée de graines collantes. Marcus avait commandé du vin de pays, décidément leur boisson au sorgho était trop insipide ! Ils montèrent dans leur chambre après s'être renseignés sur le chemin à prendre pour aller chez Barcos.

— On part avant l'aube ! dit Marcus. Il faut quatre heures pour aller à Utica. Nous devons surprendre Barcos à son lever. Il n'est pas question qu'il nous file entre les doigts.

— Avec un peu de chance, on trouvera la fille dans son lit ! ricana Nestor.

— C'est mon dernier espoir ! soupira Marcus en soufflant la chandelle.

Il faisait frais quand ils se mirent en route pour la colline du Promontoire à Utica. Ils prirent le chemin du nord qui longeait la côte. On ne pouvait pas rater la domus de Barcos. Le jour était levé quand ils traversèrent le jardin planté de palmiers et de cyprès et arrivèrent devant la façade majestueuse. Le long bâtiment surmonté d'une galerie se terminait à chaque extrémité par une tour carrée.

La lourde grille au milieu du mur aveugle était hermétiquement close. Il n'y avait pas de serviteur. Ils nouèrent les rênes de leurs chevaux à une branche d'arbre et allèrent frapper à la porte. Personne ne vint. Dans le silence du petit matin, ils entendirent des éclats de voix qui venaient du premier étage.

Ils entreprirent, en s'agrippant au bosselage des

pierres du mur, de grimper jusqu'à la galerie. Marcus eut toutes les peines du monde à obliger Nestor à proférer ses jurons à voix basse. Le pauvre Nestor dérapait, se cassait les ongles, redescendait de deux pieds quand il venait péniblement d'en gravir un. Enfin, ils enjambèrent la balustrade et se collèrent contre le mur de la galerie entre deux baies. Les battants étaient ouverts. Deux hommes face à face discutaient violemment.

— Barcos ! murmura Marcus.

— Lucter ! glapit Nestor.

Marcus lui fit signe de se taire et d'écouter. La première phrase qu'entendit Marcus le fit tressaillir de joie.

Barcos hurlait :

— Jamais ! Jamais je ne te dirai où se trouve Julia !

Marcus ne s'était donc pas trompé : elle était vivante !

Lucter criait :

— Alors, mon argent ! L'argent ou la fille !

Le dialogue des deux hommes, fous de colère, devint de plus en plus incompréhensible. Puis parvinrent des bruits de lutte. Pensant que les pugilistes étaient trop occupés pour regarder par la fenêtre, Marcus s'avança. Barcos et Lucter, chacun d'eux brandissant une arme, se livraient un duel à mort. Marcus n'était pas en position d'intervenir. Il n'avait sur lui que son petit couteau pliant. S'il se montrait, les deux hommes se débarrasseraient de lui avant de reprendre leur combat.

Les chances semblaient inégales. Lucter était armé du glaive court des fantassins ; Barcos brandissait une spathe de cavalerie dont la lame était deux fois plus longue. Lucter devait donc s'approcher de Barcos au point de courir le risque d'être frappé de taille avant de pouvoir porter l'estocade. Barcos faisait de grands moulinets avec son épée. Lucter hurlait et sautait autour de lui sans parvenir à l'atteindre. Alors, il lança un tabouret dans les jambes de Barcos, le déséquilibra, bondit sur une table recouverte de rouleaux de papyrus et sauta de toute sa masse sur son adversaire qui tomba la face contre terre. Là, Marcus vit s'abattre le coup fatal, tant de fois exécuté sous ses yeux en Bretagne : d'un geste violent et précis, le glaive frappa à la base de la nuque.

Lucter se redressa. Marcus se précipita. Le temps d'un éclair, le regard des deux hommes se croisa. Lucter partit en courant vers la porte. Marcus s'empara de la spathe de Barcos et se lança à la poursuite du meurtrier.

Il eut beau courir de chambre en chambre, descendre l'escalier, traverser le péristyle, inspecter les pièces de réception, il n'entendait aucun bruit, ne voyait personne. La villa semblait abandonnée. Lucter avait disparu ! Sans doute devait-il connaître une porte dérobée.

Marcus remonta près de Barcos. Nestor était à côté du cadavre. Il bredouilla :

— Par Taranis, foutons le camp ! Tu ne trouves pas cela curieux, ce palais désert sans aucun esclave ?

Marcus jeta la spathe sur le sol. Ils passèrent une inspection complète de la villa. Julia ne pouvait y avoir séjourné ; il n'y avait aucun vêtement ou accessoire féminin.

Du côté opposé à la grille d'entrée, une ouverture du péristyle intérieur donnait accès à une deuxième cour qu'un portique séparait d'un autre jardin. Là au bout d'une allée, ils virent une vingtaine d'hommes qui s'activaient, à l'aide de treuils et de poulies, à redresser et disposer autour d'une cascade d'énormes blocs de marbre. Sans aucun doute il s'agissait de leurs anciens compagnons de voyage, les chapiteaux et les statues !

Tous les esclaves de la domus devaient être mobilisés pour cette tâche.

Sans attirer l'attention, Marcus et Nestor se dirigèrent vers le mur d'enceinte du jardin. Ils trouvèrent une petite porte ouverte, contournèrent la propriété, reprirent leurs chevaux et galopèrent jusqu'à l'auberge du port.

Chemin faisant, Marcus essayait d'imaginer ce qui avait pu se passer. Barcos impatient de voir l'effet produit par ses nouvelles acquisitions avait dû convoquer tous ses esclaves et surveiller lui-même l'opération. C'est alors que Lucter, vieil habitué de la maison, était arrivé par la petite porte du jardin. Les deux hommes faisant des affaires ensemble, il était normal qu'ils entrent dans la pièce de travail de Barcos pour parler et faire leurs comptes. Les serviteurs n'avaient aucune raison de croire leur maître en danger. Arrivés là, ils avaient dû se quereller à propos de Julia, le ton avait monté... Julia ?... Barcos était mort pour ne pas avoir révélé l'endroit où se trouvait la jeune fille ! Barcos et Lucter étaient donc complices de l'enlèvement ? Ils avaient commis le forfait ensemble. Mais Lucter voulait la vendre à Flora. Et Barcos avait sans doute voulu la garder pour lui.

Pour Marcus, une chose était certaine, Lucter avait assassiné l'aubergiste du *Coq Noir* et le vagabond du Tarn. Avec Barcos, cela faisait au moins trois cadavres à son actif. Mais comment retrouver ce Lucter ?... La petite voix geignarde de Nestor le tira de sa méditation :

— Et maintenant, où allons-nous ?

Marcus enroula le bout de sa moustache sur son index :

— Réfléchis ! Quand Barcos est parti pour Narbo, où s'est-il arrêté ?

— À la villa d'Aspiranus ?

Quel ne fut pas leur désappointement en arrivant sur le quai de Colonia Junonia : le ponto de Luern, toutes voiles dehors, voguait au large.

Quelques minutes plus tard, Marcus et Nestor s'affalaient sur un banc à la taverne du port.

— J'ai l'impression de m'asseoir sur des oursins ! grogna Nestor. Tu parles d'une promenade !

— Au moins, nous avons été témoins d'un meurtre qu'on ne pourra pas imputer à Floris !

— Cela s'est passé dans une autre province, tu ne pourras pas t'en servir au procès.

— Les trois hommes morts ont tous des plaies identiques. Les crimes sont signés de la même main.

— Oui ! Mais le corps auquel appartient cette main a disparu ! Et on n'est pas près de le retrouver !

Le patron leur apporta deux assiettées de mouton et deux pichets de vin, Marcus ayant juré de ne plus poser ses lèvres sur un verre de cette mixture qu'ils avaient l'outrecuidance d'appeler cervoise !

— Pas faim ! grogna Nestor. Je ne peux plus avaler leur fricot à l'huile et leur viande qui empeste le suint ! J'ai tellement envie de partir d'ici que je suis presque content à l'idée de monter sur un bateau !

— Alors, dépèche-toi de rendre les chevaux, de payer nos dettes et de descendre la malle !

— Pourquoi ? Nous sommes attendus à bord ?

— Va ! Je m'en occupe.

Marcus alla parler au patron de son besoin urgent de regagner Narbo.

— Pas de chance ! Le ponto vient de lever l'ancre ! lui répondit le vieil homme qui se tenait les jambes écartées comme s'il craignait un coup de roulis.

— Et les deux corbitae ?

— L'une met le cap sur Ostia, l'autre reste à quai pour réparer sa voile.

— La réparation durera combien de temps ?

— Le temps qu'il faudra ! Mais qu'est-ce que vous avez tous à être aussi pressés aujourd'hui ? Avant que tu arrives, j'ai vu un homme qui devait être encore plus pressé que toi ! Il a laissé son cheval, comme ça, sur le port ! Il a sauté dans une chaloupe et il a ramé jusqu'au ponto. Le capitaine devait le connaître, il a empanné le navire pour lui permettre de monter à bord.

— Trouve-moi une embarcation rapide qui rattrape le ponto !

— Qui rattrape le ponto ? Comme tu y vas ! Il n'y a que des pirates qui peuvent réussir ça !

— Alors, trouve-moi un bateau de pirates !

— Les pirates ne mouillent pas au port ! Ils jettent l'ancre dans des criques à la nuit tombée. Un pirate, ça vit sur l'eau.

— Quand ils ont rançonné un navire, il faut bien qu'ils débarquent leur butin pour le vendre ?

— C'est très organisé, leur commerce. Ce n'est pas eux qui se chargent de la vente. Leurs complices viennent en barque, la nuit, pour le transbordement. Je dis ça, parce que je sais que ça existe, mais moi je ne les connais pas.

— Merci du renseignement ! dit Marcus en partant à la recherche de Nestor.

— Bon vent ! ricana le patron en haussant les épaules.

Marcus avait racheté les chevaux que Nestor venait de revendre. Ils avaient abandonné la malle, et empilé des vêtements de rechange dans une besace.

Marcus et Nestor, maintenant leurs montures au pas, cheminaient sur le sentier du bord de mer et scrutaient l'horizon éclairé par le croissant de lune. Aucun vaisseau n'était en vue. La nuit était fraîche et la mer lisse comme de l'huile. Pas le moindre souffle de vent.

— Au moins, le ponto ne prendra pas trop d'avance ! dit Marcus.

— Et comment va-t-on l'aborder ? À la nage ?

Marcus ne répondit pas.

Ils déambulaient depuis des heures, quand soudain ils aperçurent de la fumée sur la grève. Ils se rendirent à pied jusqu'à la pointe d'un rocher qui dominait une crique. En se penchant, ils aperçurent quatre hommes autour d'un feu de bois et deux barcasses à fond plat, dans un abri sous roche. Marcus donna une tape sur la croupe des chevaux :

— Allez ! À l'écurie !

Les chevaux partirent au galop.

— Tu es fou ! glapit Nesor. Si le bateau ne vient pas ? S'ils ne veulent pas nous prendre à bord ?

— Le bateau jettera l'ancre au large, en face du feu, et j'ai encore assez d'or pour convaincre le chef de la bande.

Il faisait froid. Ils se calfeutrèrent dans leur manteau et s'allongèrent dans l'herbe. Des milliers d'étoiles scintillaient dans le ciel. Ils attendirent longtemps, puis Aper s'endormit.

Il fut réveillé en sursaut par Nestor qui le secouait :

— Regarde !

Il ne vit rien sur la mer mais on s'agitait au campement. Les hommes avaient tiré les barques sur le sable.

Alors, ils entendirent comme un lointain roulement de tambour.

— Regarde ! fit Nestor. Là-bas, près du cap, l'eau fait des remous !

— Des rames ! beaucoup de rames !

Dans la pâle clarté, ils distinguèrent une galère, toutes voiles larguées, qui, tel un monstrueux millepattes, arrivait vers eux.

— Suis-moi ! cria Marcus.

Ils dévalèrent la pente jusqu'à la plage. Les quatre hommes, la main posée sur la garde de leur poignard, s'immobilisèrent en dévisageant les intrus. Marcus et Nestor s'arrêtèrent à bonne distance du groupe.

— Je veux parler au chef ! dit Marcus.

Un homme s'avança, suivi par les trois autres. Marcus sortit un sac de pièces d'or de sa bourse :

— C'est pour vous !

Les hommes se regardèrent.

Le chef hurla d'un ton bourru :

— Ah oui ! Tu achètes comme ça ! Sans avoir vu ? Et qui te dit que nous avons quelque chose à vendre ?

— Je n'achète rien ! Je veux payer mon passage et celui de mon ami. J'ai une affaire urgente à traiter à Narbo. Il y a beaucoup d'or, regarde ! C'est pour toi et pour le capitaine du vaisseau si tu arrives à le convaincre de nous prendre à son bord !

— Le capitaine ne s'encombre pas de passagers ! Il n'aime pas les curieux.

— Compte ce qu'il y a dans le sac ! Je pense que cela vaut la peine de faire une exception !

Le chef vint prendre le sac, le vida sur le sable et un conciliabule s'engagea entre les quatre hommes.

— Ils vont garder l'or et nous jeter à la baille ! soupira Nestor.

Aper ne quittait pas le groupe des yeux. Il vit le chef

mettre deux pièces dans sa poche, en donner une à chacun de ses compagnons et remettre les autres dans le sac qu'il glissa dans son ceinturon. La galère, une longue et fine trière, était immobile au centre de la crique. La proue dardait son éperon meurtrier. À bâbord et à tribord, les rangées de rames brandies à la verticale faisaient ressembler le navire à un temple flottant.

Sur la plage, les hommes poussaient les barques à la mer.

— Monte ! cria le chef, en désignant à Marcus la deuxième embarcation et en sautant dans l'autre.

Quand ils arrivèrent à quelque distance de la trière, les deux compagnons de Marcus et de Nestor posèrent les rames. La première chaloupe alla jusqu'au navire. Le chef monta à bord. Quelques minutes plus tard, debout sur le pont de la galère, il fit de grands signes et les marins de Marcus reprirent leurs rames.

En haut de l'échelle de corde, le capitaine les attendait. Nestor était tétanisé par la peur.

— Bienvenue à mon bord !

Le patron de la trière s'exprimait avec courtoisie. Il ressemblait plus à un sénateur en vacances qu'à un chef de pirates. Rasé de frais, les cheveux courts à la Titus, tout en lui était distingué et raffiné.

— Je crois rêver, dit-il. Ne serais-tu pas l'avocat Marcus Aper ?

— Nous nous connaissons ? fit Marcus étonné.

Ce visage lui était inconnu.

— Ne cherche pas ! Tu ne me connais pas, mais je t'ai vu plaider à Rome. Tu devras excuser l'inconfort de mon hospitalité. Un marin va te conduire dans ma cabine !

Marcus et Nestor descendirent dans la cale par une

échelle de bois. Le marin ouvrit une porte, les poussa à l'intérieur et referma la porte à clef.

Dans la pièce, il n'y avait qu'un châlit, quatre coffres, un trépied avec son chaudron, et une étagère sur laquelle étaient disposés des statuettes de bronze, une œnochoé et deux gobelets d'argent qui témoignaient du goût de leur propriétaire pour les beaux objets.

— Bravo ! hurla Nestor. Maintenant, nous voilà prisonniers ! Et nous ne savons même pas où va ce rafiot !

— Ce rafiot, comme tu dis, est un bateau équipé pour une bataille navale ! Tu as vu la hauteur du mât, la finesse de la coque, le nombre des rameurs ! Avec un peu de chance, on arrivera à Narbo avant Lucter !

— Si on n'arrive pas à Massalia[1] ou à Ostia ![2]

Ils étaient depuis longtemps séquestrés dans ce réduit obscur avec le seul éclairage d'une lampe à huile, se demandant si on ne les avait pas oubliés, quand tout à coup résonna un roulement de tambour. Il fut suivi, à espaces réguliers, de coups de gong qui donnaient la cadence ; et alors retentit le bruit de la mer battue par les rames.

— Ce vacarme me rend fou ! se mit à geindre Nestor en se tenant la tête.

— Pense à Lucter sur le ponto, pas de vent ! Pas de rames ! C'est lui qui doit devenir fou !

Enfin, le marin vint les délivrer. Il les installa sous un velum sur le pont, et leur annonça que le capitaine les conviait à partager sa collation le lendemain matin avant l'aube.

1. *Massalia* : Marseille.
2. *Ostia* : Ostie.

— Quand devons-nous arriver à Narbo ? demanda Marcus.

Le marin le regarda et répondit calmement :

— Narbo ? je ne sais pas. Si Neptune nous protège nous serons demain en Sardaigne !

Il ne faisait pas encore jour. Posés sur les coffres dans le carré du capitaine, des poissons salés disposés sur des plats d'argent attendaient Marcus et Nestor. Le patron des pirates était déjà rasé ; il invita ses deux passagers à se servir et à s'asseoir sur le châlit :

— Il était plus prudent qu'hier vous n'assistiez pas au transbordement. Mes hommes n'apprécieraient pas que vous soyez au courant de nos affaires. Il n'y a que des bandits à bord ! Ils n'aiment guère les hommes de loi ! J'ai besoin de savoir pourquoi tu es si pressé de rejoindre Narbo ?

— Un homme est accusé à tort de trois crimes. Je me suis juré de sauver sa tête. Le procès aura lieu à Condatomagus dans huit jours. Je dois y être !

— Je craignais que tu cavales après un pauvre type pour le faire arrêter ! Ce n'est pas le genre de coup de main qu'on aurait envie de te donner !

— Je ne suis pas au service de la police. Il y a les édiles pour ça !

Le capitaine mit des poissons salés et des galettes dans une serviette et la donna à Nestor en le priant de les laisser seuls. Il referma la porte et poursuivit :

— Votre justice, je n'y crois pas ! J'étais procurateur de Gaule cisalpine. Tu dois te souvenir du scandale, il y a cinq ans. J'ai été la victime d'une machination. On m'a jugé, j'ai été reconnu coupable de détournements de fonds. On m'a cassé, banni, ruiné, déshonoré. Jamais je ne retournerai vivre parmi ces politicards qui ne reculent devant aucune calomnie pour satisfaire leur ambition. Je ne mets plus le pied à terre. Je préfère mes canailles ! Jamais mon navire n'entre dans un port ! J'évite la Gaule et l'Italie. Je voyage loin, le plus loin possible. Personne ne sait où je suis. J'ai pris un risque avec toi, une faiblesse qui me coûtera peut-être cher, mais à Rome, je t'ai entendu plaider. Je t'ai vu sauver un de mes amis.

— Tu veux parler de Trébellius Rufus ? Il était innocent. Toi, je ne sais pas. Je n'ai pas suivi ton procès.

— Plus d'importance ! Ma vie est ailleurs. Tu dois comprendre, je ne peux pas commettre l'imprudence de me montrer à Narbo !

— Tu as accepté l'or !

— Mes hommes n'auraient pas permis que je refuse. Il nous reste à décider ce que nous allons faire de toi.

— Je dois défendre un homme innocent ! Si tu ne tiens pas ta parole, si tu n'accostes pas à Narbo, tu te fais le complice des juges qui veulent le condamner.

— Je dois faire une escale au large d'une petite île à l'ouest de la Sardaigne. Tant que nous serons arrêtés, tu dois rester dans ma cabine. Moins tu en sais, mieux ça vaut pour toi !

— Et après ?

Le procurateur banni alla ouvrir un coffre et en sortit un rouleau de papyrus cacheté. Il le tendit à Marcus :

— Su tu acceptes de remettre cette lettre à ma femme que je n'ai pas vue depuis cinq ans, je jetterai l'ancre au large de Narbo. Un de mes marins vous conduira en chaloupe sur le rivage. Je ne peux pas faire mieux.

— Où trouverai-je ta femme ?

— À Rome, l'adresse est écrite. Son prénom te suffira. Dans cette lettre, il y a le nom d'un homme et l'endroit où elle peut le voir. Il lui remettra de l'argent de ma part. Je compte sur ton silence !

— Quand serai-je à Narbo ?

— Ma trière est le navire le plus rapide de tout l'océan ! Et sais-tu pourquoi il est le plus rapide ? Parce que je n'ai pas de galériens enchaînés, tous les rameurs sont des hommes libres qui ont leur part de butin.

Soudain, ce fut le silence. Le mille-pattes dormait sur le ventre.

Le capitaine fit rentrer Nestor dans la cabine.

— Restez ici jusqu'à ce qu'on ait repris la cadence de croisière ! dit-il en montant sur le pont.

Nestor abreuva son maître de questions, mais celui-ci se contenta de répondre :

— Tout est arrangé, nous allons mettre le cap sur Narbo !

Le soleil était à son zénith quand on vint les délivrer. Une brise légère s'était levée. La voile ne servait que de faible appoint aux rameurs. À la poupe, le timonier actionnait à lui seul les deux gouvernails, celui de bâbord pour virer à gauche et celui de tribord pour virer à droite.

— Tu vois ces nuages ? dit le capitaine. Il va falloir modifier le cap pour éviter l'orage ! Dans quatre jours nous devrions apercevoir la côte.

Ils essuyèrent la queue d'un grain, pas assez méchant pour rompre la cadence, mais suffisant pour faire croire à Nestor que l'heure du dernier passage était arrivée. Puis se succédèrent trois nuits et deux jours de calme plat. Au matin du troisième jour, ils virent à l'horizon se dessiner la silhouette lointaine d'un ponto qui semblait se traîner. La trière dépassa le ponto et le laissa loin derrière elle.

Le capitaine avait réuni tous ses hommes sur le pont avant ; assis en cercle autour de lui, ils tenaient conseil. Marcus et Nestor étaient allongés sur leur paillasse sur le pont arrière. Nestor pensait tout haut :

— Tu es certain qu'ils nous débarqueront à Narbo ? J'ai entendu le timonier qui disait à un marin : « Après l'Espagne, on part en chasse ! »

— Qu'est-ce que tu croyais ? Nous sommes sur un navire de pirates ! Ils se livrent à l'abordage des bateaux marchands ! Je me demande ce qu'on transporte dans la cale ? Julia n'était pas dans le convoi d'esclaves de Lucter, mais elle a pu aller à Narbo avec Barcos ? Là, ils ont pris la corbita, et à Colonia Junonia, Barcos a pu la vendre aux complices du capitaine de la trière ? Il y avait peut-être des esclaves cachées dans l'abri sous roche ? Ils ont pu les embarquer pendant que nous étions enfermés dans la cabine !

— Dans ce cas, elles ont peut-être été débarquées en Sardaigne ?

— Non ! n n'y a pas de maison de plaisir de luxe en Sardaigne. Mais ils peuvent les vendre en Espagne.

— Alors, Julia serait à bord ?

— Tous les hommes sont sur le pont, c'est le moment d'aller faire un tour dans la cale !

— S'ils nous surprennent, ils nous jetteront à la mer !

— Après chaque escale, j'ai vu le capitaine remettre une clef dans un coffre dans sa cabine.

— Il doit garder la clef du coffre sur lui.

— Il n'a pas fermé le coffre à clef. Il n'a pas de raison de se méfier de ses hommes, il partage tout le butin. Viens ! La porte de la cale est à côté de la chambre du capitaine !

Nestor était très excité à l'idée de découvrir le trésor des pirates. Il ne sentait plus sa peur, il oubliait qu'il était sur l'eau.

Ils arrivèrent sans encombre dans les entrailles de la trière. Ils furent très déçus, la cale ressemblait à toutes les cales d'un bateau marchand. Des amphores d'huile étaient imbriquées les unes dans les autres sur trois niveaux. Plus loin, des sacs de céréale succédaient à une rangée de tonneaux. S'agissait-il de prises de chasse ou de produits de contrebande ? Au milieu, dans la zone du massif d'emplanture du mât, s'élevait, en vrac, une montagne d'argenterie volée. Les deux extrémités de la coque étaient réservées au logement de l'équipage. Ils ressortirent bredouille ! Il n'y avait pas d'esclave à bord ! Ils remirent la clef en place et retournèrent sous leur velum.

— Je me demande ce que tu aurais fait si nous avions trouvé Julia ? ricana Nestor. Tu crois peut-être qu'il t'aurait dit : « Cette fille te plaît ? Je te l'offre ! » Je suis bien content qu'elle ne soit pas ici ! Je n'aurais pas donné cher de notre peau !

À l'aube du quatrième jour se leva un fort vent arrière. La voile et la misaine se creusèrent. Le bruit du gong et des rames cessa. Entre la mer et le ciel, dans un silence d'infini le navire glissait à toute vitesse.

Le lendemain la terre était en vue.

Au crépuscule, la trière largua les voiles. Le gong rythma la petite cadence. Le capitaine cherchait un endroit abrité. Il connaissait mal cette partie du littoral. À la nuit tombée, il jeta l'ancre et fit mettre la chaloupe à la mer.

Marcus empoigna l'échelle de corde et lança un dernier regard au pirate :

— Merci ! Je porterai ton message !

Nestor, la besace en bandoulière, glissa, se rattrapa, manqua un échelon, faillit tomber à l'eau, invoqua Hercule à qui rien n'est impossible et, tout étonné d'avoir réussi cette performance, se retrouva trempé dans la barque qui dansait dans les vagues.

— Ça promet ! dit le marin, demain on va avoir droit à la tempête !

Ils étaient à une bonne heure de rame de la côte.

Ils avaient de l'eau jusqu'aux genoux quand ils sautèrent de la chaloupe, qui fit immédiatement demi-tour. Il faisait nuit. Ils n'avaient plus qu'à dormir sur la plage en attendant le jour.

La séance du tribunal devait avoir lieu le surlendemain. Bien avant l'aube, ils se mirent en marche. Le soleil se levait quand ils arrivèrent sur le chemin qui les mena à la via Domitia. Ils n'avaient pas la moindre idée de la distance qui les séparait de Narbo. Ils ne savaient même pas s'ils devaient se diriger vers le levant ou vers le couchant. Ils attendirent sur le bord de la route. D'après la position du soleil, on devait approcher de la 2e heure quand, enfin, une charrette de foin tirée par une mule consentit à s'arrêter. Marcus n'avait plus une seule pièce d'or sur lui. Heureusement, Nestor avait pris la précaution de garder assez de sesterces dans sa bourse pour subvenir aux frais du retour.

C'est avec une volupté indescriptible que Marcus

savoura sa première cervoise au *Tonneau d'Hercule*. Elle fut suivie de quelques autres. Nestor fit les comptes avec le patron pendant que le palefrenier attelait les chevaux à la voiture. Ils avalèrent un poulet rôti bien arrosé de jus comme seuls les Gaulois savaient le faire. Baignés, rasés de près, ils sautèrent dans leur rheda avant que le soleil n'ait atteint le zénith.

Le ponto arrivait au port quand Nestor fit claquer son fouet pour le départ.

Il ne restait plus à Marcus qu'une seule chance de retrouver la fille de Germanus. Aspiranus lui avait dit que Barcos était venu dans sa villa pour régler leurs comptes, mais peut-être avait-il omis de révéler que Barcos lui avait confié Julia ?

Aper dut reconnaître que cela était bien improbable ! Pourquoi Barcos aurait-il conduit Julia chez Aspiranus ? Tout simplement parce que le publicain lui passait de gros marchés pour l'armée du Rhin, il aura voulu acheter ses faveurs en lui vendant ou en lui offrant une concubine ! Il est évident que Barcos avait séduit Julia, mais comment la jeune fille romanesque aurait-elle accepté cette trahison ? La rheda avait déjà quitté la via Domitia et les chevaux galopaient sur la route de Luteva ; Marcus passait en revue toutes les possibilités, mais aucune ne le satisfaisait.

En fin d'après-midi, ils arrivèrent devant le porche du mur d'enceinte de la villa d'Aspiranus. Aper descendit de voiture, pinça le bout de sa moustache entre le pouce et l'index et dit :

— Nestor ! Je crains qu'il ne se passe des drames dans la villa. Nous pourrions avoir besoin du témoignage d'un édile et du secours de ses gardes. Va les chercher à Luteva et ramène-les le plus vite possible !

— Que vais-je dire à l'édile pour qu'il accepte de m'accompagner ?

— Qu'Aspiranus est en danger ! Je suis certain que Lucter, à peine débarqué, est parti au triple galop pour rendre visite à Aspiranus. Si Julia était avec Barcos au départ de Banassac et que Barcos est arrivé seul à Narbo, il aura tiré les mêmes conclusions que moi. Et lui, s'il veut récupérer la fille, il n'hésitera pas à tuer ! Fais vite !

Le jour baissait quand Aper frappa à la porte du publicain.

L'esclave qui vint ouvrir la porte reconnut Marcus Aper. Il le pria d'entrer et d'attendre dans l'atrium le temps qu'il aille prévenir son maître. Les chandelles de la torchère de bronze diffusaient une pâle lueur qui laissait dans la pénombre le salon contigu au hall d'entrée. Marcus vit l'esclave se pencher sur un fauteuil d'osier. Aspiranus, caché par le haut dossier, se leva et se dirigea vers le seuil, une coupe à la main. Il était plus raide qu'une hampe de lance, il marchait droit devant lui. Il heurta un guéridon, l'esclave se précipita vers lui, mais d'un mouvement brusque, Aspiranus le repoussa :

— Laisse-nous !

Le serviteur fit demi-tour et disparut par une tenture à l'autre bout du salon.

— Salut à toi, Aper ! Viens t'asseoir ! dit Aspiranus d'une voix pâteuse en retournant s'installer dans son fauteuil.

D'un geste vague, il montra la carafe de vin et les coupes posées sur le guéridon. Il poursuivit en appuyant sur chaque syllabe, comme pour s'assurer de la précision de son articulation :

— Tu tombes bien, j'ai horreur de boire seul !

Il tendit sa coupe à Marcus qui le servit et qui enchaîna :

— Si tu espérais la visite de Barcos je dois t'avertir que le ponto est parti sans lui de Colonia Junonia !

— Barcos voyage sur la *corbita*.

— La corbita reste à quai. Elle a une avarie à ses voiles.

— Comment le sais-tu ?

— J'arrive de Colonia Junonia !

— Sur le ponto ?

— Non ! J'ai pris un navire qui allait en Espagne ! En revanche, je sais que Lucter était sur le ponto qui a déjà accosté à Narbo. Tu ne reverras plus ton ami Barcos, il est mort !

— Comment le sais-tu ? C'est toi qui l'as tué !

Propulsé par une rage subite, Aspiranus se jeta sur Marcus. Sa force décuplée par l'alcool, le publicain cognait en aveugle. Marcus n'eut pas grand mal à le maîtriser et à le reposer dans son fauteuil :

— Écoute-moi ! C'est Lucter qui l'a assassiné. Tu comprends ce que je te dis ? J'ai vu Lucter frapper Barcos avec son glaive.

Aspiranus sembla émerger d'un profond brouillard. Il fixa Marcus intensément :

— Lucter ? Pourquoi ?

Jouant le tout pour le tout, Marcus déclara avec assurance :

— Avant de mourir, Barcos m'a confié qu'il avait laissé chez toi une jeune fille à laquelle il tenait beaucoup. Elle s'appelle Julia. Il m'a supplié de me charger d'elle et de faire en sorte que Lucter ne la retrouve pas.

Aspiranus fut soudain pris de panique :

— Une jeune fille ? Quelle jeune fille ? Barcos n'a laissé personne chez moi ! Je t'ordonne de quitter immédiatement ma maison ! Je ne comprends rien à tes histoires !

— Aspiranus, je te dis la vérité ! Lucter a assassiné Barcos et il n'hésitera pas à te tuer pour avoir Julia ! Tu dois me dire tout ce que tu sais !

— Je ne sais rien. Je t'ordonne de foutre le camp !

Il se leva et se rua sur Marcus qui, n'ayant d'autre solution, assomma le publicain d'un coup sur la tête et le déposa inconscient dans son fauteuil. Avec la quantité de vin qu'il avait ingurgitée, il n'était pas prêt de se réveiller !

Marchant sur la pointe des pieds, longeant les murs, passant la tête au seuil de chaque pièce pour s'assurer qu'il n'allait pas tomber sur un serviteur, Marcus, dans la pénombre, comme un voleur, inspecta tout le rez-de-chaussée de la villa. Il se garda bien d'entrer dans les cuisines, Julia ne pouvait pas y être, et à en juger par les éclats de voix, les esclaves rassemblés pour la veillée prenaient du bon temps. Il monta au premier étage. Toutes les chambres, fermées par une tenture, donnaient sur la cour intérieure. Personne nulle part. Il commençait à se demander si Aspiranus n'avait pas dit vrai. Il allait ressortir de la dernière chambre quand il entendit des bruits de pas au-dessus de sa tête. Il examina le plafond. Ses yeux s'étant habitués à l'obscurité, il remarqua une trappe. Quelqu'un marchait dans les combles. Mais comment ouvrir cette trappe ? Sans doute le grenier avait-il une porte donnant directement sur l'extérieur, mais l'esclave avait fermé à clef le portail de la villa. Il fouilla partout et finit par découvrir une échelle sous le lit, il l'appuya contre le mur, monta et poussa la trappe qui se rabattit sur le plancher du grenier.

Marcus se trouva dans un long couloir sous la charpente du toit. Une petite fenêtre carrée laissait passer les rayons de la lune. Il n'entendait plus aucun bruit. Des caisses, des malles, des fauteuils de rotin éventrés gisaient un peu partout. Il marcha droit devant lui jusqu'à l'endroit où le grenier tournait à angle droit. n se cogna à un guéridon sur lequel était posé une lampe éteinte. Il tira un briquet et un silex de sa bourse, les choqua l'un contre l'autre jusqu'à ce que l'étincelle se produise et alluma la mèche de la lampe. Une méridienne recouverte de coussins et de couvertures était adossée au mur. Il prit la lampe et scruta les combles aussi loin qu'il put. C'est alors que, sortant de l'ombre, il vit une jeune fille s'avancer vers lui. Elle tenait dans la main droite le manche d'ivoire d'un petit couteau. Elle avait de longs cheveux blonds ondulés, d'immenses yeux bleus et paraissait à peine sortie de l'enfance.

— Qui es-tu ? dit-elle d'un ton assuré et cassant. Si c'est mon père qui t'envoie, retourne d'où tu viens ! Dis-lui que je ne veux plus le voir ! Je ne veux pas devenir l'épouse d'un potier ! Je ne veux pas passer ma vie à pleurer, comme ma mère ! Je veux être heureuse, je veux vivre avec l'homme que j'aime ! Il a promis qu'il reviendrait me chercher ! Je ne suivrai personne d'autre que lui.

Marcus fit un pas vers elle :

— Julia, écoute-moi !

— N'avance pas ! Comment sais-tu mon nom ? J'avais raison, c'est mon père qui t'envoie. Il nous a fait suivre. N'avance pas ou je m'ouvre les veines !

— Julia, je ne viens pas de la part de ton père. Il te croit morte ! Je suis venu te chercher parce que tu es en danger.

— C'est cet ivrogne d'Aspiranus qui nous a trahis ! C'est un menteur ! Il a dit que Barcos ne viendrait pas ! Il voulait me toucher, m'embrasser, il disait que Barcos m'avait donnée à lui. Ce n'est pas vrai ! Barcos m'aime, il viendra me chercher ! Il se vengera, il tuera Aspiranus.

— Barcos est mort, Julia !

— Menteur ! Je ne te crois pas ! Barcos m'a dit de l'attendre ! Il viendra ! Il me l'a promis.

— Et tu l'as cru ? Barcos était un marchand d'esclaves ! Il t'a séduite pour te vendre ! S'il était revenu te chercher, il t'aurait vendue à une maison de plaisir. On t'aurait enfermée, livrée aux caprices de beaucoup d'hommes ! C'est cela que tu appelles être heureuse ?

— Jamais Barcos ne me vendra. Il m'aime !

— Et s'il t'avait vendue à Aspiranus ?

— Non ! Il m'a promis de revenir ! Lucter, lui, voulait me vendre ! Je le sais, je les ai entendus se disputer. C'est pour cela qu'il a voulu que je reste cachée ici. Barcos m'a dit que nous irions dans un merveilleux pays que Lucter ne connaissait pas, qu'il m'aimait et que je serai sa seule femme ! Sa femme à lui tout seul ! Tu entends !

— Julia, Barcos est mort ! Lucter l'a assassiné ! Tu sais trop de choses, ta vie est en danger.

— Je ne veux pas vivre sans Barcos !

Elle appuya la face interne de son poignet gauche contre la lame du canif. Marcus se précipita, lui arracha le petit couteau des mains et le mit dans sa poche. Quelques gouttes de sang coulaient le long du bras de Julia. Elle se débattait et répétait :

— Je veux mourir !

Marcus déchira un morceau d'étoffe du pan de son sayon et lui fit un garrot.

— C'est curieux ! Lui dit-il. Tu n'as pas de bijoux ?

— J'avais un beau bracelet en or que m'avait offert Barcos, mais il m'a demandé de le lui rendre. Il l'a donné à Lucter pour acheter son silence. Il m'en offrira d'autres !

Marcus ne s'était donc pas trompé ! Lucter se trouvait mêlé à la fois au meurtre de Rosa et à l'enlèvement de Julia. C'était lui qui avait caché les bijoux de Julia chez Floris !

Elle ne s'était fait qu'une coupure superficielle. Elle s'effondra en sanglots sur la méridienne. Marcus réalisa que Julia ne portait qu'une fine tunique de lin, il enleva sa pèlerine et la posa sur les épaules de Julia. Elle ne réagissait plus. Elle pleurait en répétant :

— Barcos ! Barcos !

Marcus la prit dans ses bras :

— Viens ! Partons d'ici ! Lucter te recherche. Il faut te mettre à l'abri !

— Non, je ne partirai pas ! Barcos viendra, il l'a promis...

Marcus la traîna de force vers la trappe.

Soudain, il entendit que l'on donnait de violents coups dans la porte d'entrée de la ville. Il lâcha Julia. Elle s'affala sur le sol en murmurant :

— Laisse-moi mourir !

Marcus redescendit, ferma la trappe et replaça l'échelle sous le lit de la chambre.

Les coups redoublaient à la porte d'entrée. Il dévala l'escalier du premier étage. Quand il arriva dans l'atrium, Aspiranus ivre mort ouvrait la porte. Deux serviteurs, alertés par le bruit, se précipitèrent. Lucter fit irruption ! Il commença par neutraliser les deux esclaves en les envoyant mordre la poussière. Son énorme main s'abattit sur l'épaule d'Aspiranus :

— Je veux la fille ! Où est-elle ?

Aspiranus, qui, à peine réveillé du coup que Marcus lui avait assené sur le crâne, s'était servi force rasades de vin, était dans l'impossibilité de comprendre, donc de répondre !

— Lâche-le ! cria Marcus.

— Je vais te passer l'envie de te trouver sur mon chemin ! hurla Lucter en reconnaissant le témoin du meurtre de Barcos.

Il assomma Aspiranus qui s'effondra sur le dallage. Alors, il sortit son glaive du fourreau et se rua sur Marcus qui saisit la torchère et la brandit comme une framée pour se protéger des attaques du colosse. Marcus évita de justesse le guéridon que Lucter lui lança à la tête, mais il lâcha la torchère. Les chandelles s'éteignirent. Lucter posa son pied sur la hampe du candélabre, se jeta sur Marcus et le plaqua au sol. Marcus manquait d'expérience dans la pratique du corps à corps. Il mit toute sa rage à résister, et connaissant la technique meurtrière de son adversaire, il se garda d'offrir sa nuque.

On entendit des coups frappés à la porte. Marcus résistait toujours. Il hurla :

— Enfoncez la porte !

Nestor, l'édile de Luteva et ses sbires firent irruption juste à temps pour éviter à Marcus le coup fatal. Il ne fallut pas moins des huit gardes pour maîtriser et bâillonner Lucter. Marcus, harassé, était dans l'impossibilité de se relever. Il prit la main de Nestor et le gratifia d'un regard que celui-ci ne serait pas près d'oublier !

L'édile de Luteva contemplait le champ de bataille et ne comprenait rien.

— Quand je pense que tu ne voulais pas croire qu'Aspiranus était en danger ! dit Nestor aussi fier de lui que le premier hoplite qui sortit du ventre du cheval de Troie !

Par l'ouverture béante de la porte défoncée, on voyait le jour qui commençait à se lever. Marcus avait retrouvé la position verticale sans autres dommages qu'un sayon déchiré et quelques hématomes. Les deux esclaves reprenaient conscience, tandis qu'à coups de bassine d'eau froide on tentait, sans y parvenir, de tirer Aspiranus de ce qu'on croyait être une léthargie éthylique. Il fallut bien se rendre à l'évidence, l'eau se mélangeant au sang avait formé une mare rouge. Aspiranus ne respirait plus. Il s'était fracassé le crâne en tombant sur le dallage.

— Je t'arrête pour le meurtre d'Aspiranus ! dit l'édile de Luteva en s'adressant à Lucter. Puis il se tourna vers Marcus : Es-tu blessé ?

— Non ! mais deux minutes plus tard, tu aurais trouvé deux cadavres.

— Ton affranchi m'a dit que tu étais l'avocat Marcus Aper. Que s'est-il passé ? Qui est cet homme qui t'a agressé ?

— Oui, je suis avocat. Mon client est accusé d'avoir assassiné une jeune fille, or cette jeune fille est ici, prisonnière dans les combles de cette villa. Lucter est un meurtrier qui a déjà beaucoup de cadavres à son actif ! Il n'a pas hésité à tuer Aspiranus pour s'emparer de cette jeune fille.

L'édile semblait dépassé par les événements. Il réfléchit un temps et dit :

— Je dois te demander de venir à la curie de Luteva pour qu'un scribe prenne par écrit tout ce que tu sais sur cette affaire.

— Mon assistant, Nestor, te dira tout ce que tu veux savoir. Je dois partir immédiatement pour Condatomagus. Je dois être présent à l'ouverture du procès de Floris qui aura lieu dans vingt-quatre heures. En tant que témoin, je compte sur ta présence au tribunal. Il est indispensable que tu te présentes à l'audience avec ton prisonnier Lucter !

— Le délit que je viens de constater ne peut pas être porté devant le tribunal de Condatomagus ! Lucter doit être jugé par le duovir de Luteva ! Il ne sortira pas de ma cité.

— Je me moque de Lucter ! Ce n'est pas Lucter qui sera jugé à Condatomagus. J'ai besoin de fournir les preuves de l'innocence de mon client. Si je me présente au tribunal avec Julia fille de Germanus, on ne pourra plus imputer sa mort à Floris, mais si je ne peux pas leur montrer le responsable de l'enlèvement ils vont accuser mon client de rapt ! Il s'agit d'un homme innocent qui risque sa tête ! Lucter doit comparaître au tribunal. Tu dois dire publiquement ce que tu as vu ici cette nuit ! Le prisonnier est à toi, son procès ne me concerne pas, mais tu n'as pas le droit d'entraver le déroulement de la justice en t'opposant à l'audition d'un témoin. Et maintenant, ne perdons pas de temps ! Allons chercher Julia !

Ils trouvèrent la fille de Germanus toujours allongée sur le parquet du grenier. Elle n'opposa aucune résistance. Elle souriait, le regard vague, murmurant des phrases dénuées de sens. Marcus la prit dans ses bras et la porta dans l'atrium. Elle n'eut aucune réaction en voyant Lucter bâillonné et ficelé comme un saucisson.

— Regarde cet homme ! dit l'édile. C'est bien lui qui t'a enlevée ?

— Personne ne m'a enlevée ! répondit Julia.

Alors, désignant le mort, l'édile poursuivit :

— Tu as bien été séquestrée par Aspiranus ?

— Personne ne m'a séquestrée ! J'attends le retour de l'homme que j'aime.

L'édile, un petit personnage tout rond, qui n'avait jamais eu besoin d'avoir d'idées personnelles et qui s'en tenait à faire respecter l'ordre était dépassé par autant de désordre :

— Gardes ! Embarquez-moi tout ça pour la curie !

L'assassin et la fugueuse ! Chacun dans un cachot. J'ai besoin de dormir. Je les interrogerai demain à la 3e heure.

— Je ne peux t'empêcher de faire ton travail ! dit Marcus. Mais tu ne dois pas m'empêcher de faire le mien ! Il te reste un jour pour le voyage. Donne-moi ta parole que tu seras demain à la 4e heure à la curie de Condatomagus !

— C'est au duovoir de Luteva de décider ! rétorqua l'édile.

Marcus finit par obtenir de l'édile que Julia monte avec un garde dans la rheda de Nestor. On entassa Lucter et les deux esclaves témoins du meurtre dans la voiture du chargé de la police.

Marcus entraîna Nestor à l'écart :

— Ne quitte Julia sous aucun prétexte ! Je compte sur toi pour m'amener mes témoins à temps au procès ! Je vais voir l'édile de Luteva pour lui faire signer l'ordre de comparution. Seule la présence de Julia peut sauver la tête de Floris. Prenez la route dès que l'ordre sera signé !

À peine avait-il fini de faire ses recommandations à Nestor, qu'il s'octroyait le cheval du garde qui était monté dans la rheda, et démarrait au galop.

Tout à la joie d'avoir retrouvé Julia et de savoir Lucter arrêté, Aper ne sentait plus sa fatigue.

Marcus Aper ne ressemblait certes pas à un grand avocat respecté de tous quand il gravit les marches de la basilique civile de Luteva. On l'aurait plutôt pris pour un bandit de grand chemin poursuivi par la milice. Crasseux, le sayon déchiré, exhibant une barbe de vagabond, la pommette gauche enflée et une dent cassée, il se débattait comme un forcené en butte au gardien de la curie qui lui refusait l'entrée. Le cerbère prétendait qu'on ne pouvait pas déranger les décurions qui étaient réunis en conseil. Il finit par obtenir que deux gardes l'accompagnent dans la salle où se trouvaient les duovirs et les sénateurs.

Dès que Marcus se fut présenté, les notables lui offrirent un siège. Il se lança dans le récit des événements en essayant d'être le plus clair possible. Sans doute y était-il parvenu, car le premier duovir mit sa voiture à sa disposition et lui promit de signer l'ordre pour que l'édile et Lucter soient présents à l'audience. Il se porta garant que Julia serait sous la responsabilité de l'édile jusqu'à ce qu'elle soit remise à ses parents.

Marcus assura le duovir de sa reconnaissance tandis que celui-ci l'accompagnait à sa voiture :

— Conduis Marcus Aper à Condatomagus ! Et reste

à sa disposition tant qu'il aura besoin de toi ! dit-il à son cocher.

La portière à peine refermée, Marcus s'endormit sur la banquette et ne se réveilla qu'à l'arrivée.

Les gitons de Primus eurent du mal à reconnaître Marcus. Il ressemblait davantage à un quémandeur d'embauche qu'à un avocat. Malgré l'heure tardive, l'édile de Condatomagus n'était pas encore revenu de la curie. Il préparait l'audience du lendemain. Marcus n'était pas assez présentable pour aller aux thermes. Les splendides créatures de l'édile rivalisèrent de zèle pour le bichonner. L'un le rasa, un autre prépara la grande bassine en s'assurant de l'agréable température de l'eau, tandis qu'un troisième mettait la serviette à tiédir devant le feu et que le quatrième lui servait une cervoise bien fraîche et sans mousse. Seul le masseur se vit refuser ses services, Marcus n'avait aucune envie de se faire tripoter par un éphèbe. Il commençait à s'impatienter des mille chichis de l'adolescent qui drapait sa toge, il ramassa ses cothurnes et partit en courant.

Primus quittait la basilique civile au moment précis où Marcus gravissait les marches du portique.

— Tu prends ce procès bien à la légère ! gloussa l'édile. Ton client a raison de se sentir abandonné !

— Je vous ai laissé le temps d'étayer votre accusation ! rétorqua Marcus. À l'audience préliminaire, vos charges m'ont paru bien minces !

— Disons plutôt que c'est toi qui as réclamé un délai pour échafauder des circonstances atténuantes !

— Je veux voir Floris ! Fais-moi accompagner à sa cellule !

— Les visites ne sont pas autorisées après le coucher du soleil ! Tu le verras demain !

— Je suis d'accord si l'audience est reportée à après-demain !

Marcus sauta sur l'occasion. Il pensa qu'un jour supplémentaire ne serait pas inutile pour permettre à ses témoins d'arriver à temps. Mais Primus préféra encore conduire lui-même Aper dans le souterrain plutôt que de reculer l'ouverture du procès.

En arrivant dans le cul-de-basse-fosse, Marcus pria l'édile de le laisser seul avec son client :

— Je n'en n'ai pas pour longtemps ! Deux sabliers me suffiront ! Ferme à clef et envoie un garde me chercher ! Ne m'attends pas pour le souper. Nous nous verrons demain au tribunal !

— Je me demande où et avec qui tu passes tout ton temps ? Que la nuit te soit profitable ! lança Primus avec un sourire ambigu.

Il referma la grille et remonta l'escalier.

Marcus n'en croyait pas ses yeux. La cellule de Floris était éclairée par une torchère à quatre chandelles ! Le châlit était recouvert de coussins damassés garance et or ! Sur un guéridon, des objets de toilette, un pichet de vin voisinaient avec une corbeille de fruits. Mais le plus surprenant était le locataire de cette auberge de luxe ! Floris, en sayon et braies impeccables, le reçut avec le sourire aux lèvres :

— Tu vois ! dit-il, radieux. Tout ça, c'est Rosemerta et ses filles qui me l'ont apporté ! Il en vient une chaque jour pour me donner du linge propre et satisfaire tous mes caprices. C'est la première fois de ma vie que je prends des vacances. Maintenant je me moque de tout !

— Tu passes en jugement demain ! Vas-tu aussi me dire que tu t'en moques ?

— Je suis innocent ! Tu es mon avocat ! Tu t'es arrangé pour que je sois dans l'impossibilité de régler moi-même mes affaires ! Alors à toi de te débrouiller ! C'est à toi qu'il incombe d'apporter la preuve de mon innocence !

— Tu crois que c'est aussi facile que ça ?

— Alors, cette preuve, tu l'as ? Ou tu ne l'as pas ?

— J'ai retrouvé Julia. Elle est vivante !

— On va bien rigoler ! s'esclaffa Floris en avalant une rasade de vin.

Marcus dut faire un effort surhumain pour ne pas sauter à la gorge de Floris. Il commença à comprendre pourquoi toute la ville le détestait. Il ne pouvait avoir d'autre ami que les filles de Rosemerta. Il payait leurs services !

— Ne te réjouis pas encore, Floris ! Ton procès n'est pas gagné ! Je ne sais pas quand vont pouvoir arriver nos témoins. J'ai besoin de ton silence absolu ! N'interviens à aucun moment. Je ne veux pas parler de Julia avant qu'elle n'ait pénétré dans le tribunal.

— Tu l'as retrouvée ou tu ne l'as pas retrouvée ? Elle est ici, oui ou non ?

Marcus jugea tout à fait inutile de conter son odyssée à Floris. Seul lui importait de faire éclater la vérité. C'était la première fois qu'un accusé innocent lui inspirait aussi peu de compassion. Il pensait à Julia, la pauvre petite démente qui avait voulu suivre son Jupiter sur le mont Olympe ! Il enchaîna :

— C'est bien compris : à l'audience tu adoptes une attitude décente et tu te tais !

— Compris ! C'est toi le bavard, je te paie pour ça !

— Ta reconnaissance me touche ! dit Marcus en faisant signe au garde que l'entrevue était terminée.

Le cocher du duovir de Luteva l'attendait devant la basilique civile. Il se fit conduire à Ateliacum.

La jeune servante qui accueillit Marcus dans l'atrium le conduisit directement dans la chambre de sa patronne. Dans une tunique transparente, les cheveux ruisselant sur les épaules, Atelia était allongée sur son lit. Son ornatix lui massait les pieds. Elle renvoya l'adolescente et fit signe à Marcus de venir s'asseoir à côté d'elle.

— Tu vois, je t'attendais ! Raconte !

Marcus déposa un baiser, juste là où le souhaitait Atelia, sur le petit triangle de peau libéré par la bretelle de la tunique qui venait de glisser. Il repoussa les deux bras qui se tendaient vers lui :

— Je meurs de faim et de soif !

Atelia ne put s'empêcher de rire. Elle sortit en courant et revint quelques minutes plus tard en portant elle-même le plateau sur lequel elle avait empilé des ailes de volaille, du fromage, des galettes. Bien sûr, elle n'avait pas oublié le pichet de cervoise !

Marcus reprenait goût à la vie. Atelia semblait impatiente de connaître le résultat des investigations de l'avocat :

— Raconte ! As-tu retrouvé Lucter ?

— Tu ne me demandes pas si j'ai retrouvé Julia ?

— La pauvre petite ! Tout le monde sait qu'elle est morte !

— Tu le penses aussi ?

— Il faudrait que je la voie devant moi pour me

convaincre qu'elle est en vie ! J'étais inquiète pour toi ! Lucter est dangereux !

— Je croyais que tu ne le connaissais pas ?

— Je l'ai entendu dire. Pourquoi me fais-tu tant de mystères ? Raconte !

— Non ! Je ne te raconterai rien ! Je veux que tu viennes au procès demain et je ne veux pas gâcher ton plaisir. Si tu connaissais le dénouement, tu serais moins attentive. Ce n'est pas de cela que j'ai envie de parler cette nuit !

Marcus s'endormit plus vite qu'il n'aurait cru... La fougueuse Atelia semblait avoir l'esprit ailleurs. Elle lui parut plus docile qu'inventive !

Atelia dormait encore, ou faisait semblant de dormir, quand Marcus quitta la chambre et se rendit aux thermes.

Les esclaves finissaient de faire le ménage dans les vestiaires. Il se borna à nager quelques brasses dans la piscine d'eau froide, se rhabilla et alla solliciter les services du barbier de l'établissement. Il prit une colère contre ce maladroit qui avait l'outrecuidance de vouloir rafraîchir sa moustache :

— Contente-toi des poils des joues et du menton ! Touche à ma moustache et Nestor t'arrachera les yeux ! rugit Marcus.

« Bon, maintenant tu te calmes ! se dit-il. Il va falloir ruser jusqu'à l'arrivée de Julia. »

Il ne s'éternisa pas dans les thermes, il voulait à tout prix éviter de se trouver nez à nez avec Secundus et Tacitus. Il alla avaler un bouillon de poule et une énorme omelette au *Rendez-vous des Cochers*. Là, au moins, personne ne le connaissait, personne ne lui adresserait la parole !

Il se sentait amputé d'une partie de lui-même en montant les marches de la basilique civile. Les bougonneries de Nestor lui manquaient plus qu'il n'aurait cru.

Maître Secundus, son assistant Tacitus et le plaignant

Germanus fixaient désespérément le fond de la curie noire de monde. Marcus Aper se faisait attendre. Enfin il arriva ! Il traversa la nef d'un pas martial et vint s'asseoir sur le banc de la défense. Les gardes accompagnèrent l'accusé. Floris prit place à côté de son avocat. Il gratifia son conseil d'un clin d'œil.

— Je t'en prie, surveille-toi ! murmura Marcus.

Les deux duovirs, le flamine et l'édile firent leur entrée et s'installèrent à la table du tribunal. Le premier duovir frappa trois coups avec son marteau d'ivoire, proclama la séance ouverte et dit :

— Nous sommes ici pour faire la lumière et décider si Floris, propriétaire et maître potier à La Graufesenque, est reconnu coupable d'avoir assassiné et fait brûler la dépouille de sa victime, Julia fille de Germanus propriétaire et maître potier à Banassac. Le plaignant veut-il appeler son premier témoin ?

Secundus se leva :

— J'appelle Tritos, esclave appartenant à Atelia.

Des gardes amenèrent le témoin. Secundus se dirigea vers lui :

— Écoute bien mes questions, Tritos ! Tu n'auras qu'à répondre oui, ou non ! Atelia te loue-t-elle à Floris ?

— Oui !

— Travailles-tu au four ?

— Oui !

— Es-tu affecté à l'entretien du feu ?

— Oui !

— Travaillais-tu la nuit de pleine lune de Dumann ?

— Oui !

— Confirmes-tu ce que tu as déjà déclaré devant ce

tribunal, à savoir : que cette nuit-là, un inconnu est venu déposer le corps d'une jeune fille morte devant ton tas de bois ?

— Oui !

Et alors, certain d'apporter un argument irréfutable, Secundus déclara :

— Le témoin ne connaissait pas cette jeune fille, mais nous avons la preuve que le corps était celui de Julia fille de Germanus. L'édile a trouvé au domicile de l'accusé les bijoux en or que portait sa victime. Le père de la victime les a reconnus !

Pour l'avocat de l'accusation, la victoire était acquise. Il reprit son interrogatoire :

— Tu as prétendu qu'on t'avait donné l'ordre de faire brûler le cadavre, maintiens-tu cette affirmation ?

— Moi, je ne voulais pas ! On m'a obligé.

— Qui t'a obligé à faire brûler le corps de Julia ?

Tritos hésitait.

— Réponds à la question ! dit le juge.

— Floris ! articula timidement Tritos.

Floris partit d'un tonitruant éclat de rire !

Un murmure d'indignation parcourut le public.

— Maître Aper ! Je ne pense pas que ton client adopte la bonne attitude ! rugit le duovir.

— Pas d'autre question ! dit Secundus en retournant s'asseoir.

— Je n'ai pas de question à poser à ce témoin ! marmonna Marcus en fixant l'eau qui gouttait de la clepsydre.

— La défense a-t-elle un témoin à interroger ? demanda le président.

Marcus se leva :

— J'appelle Mia, gardeuse d'oies pour le compte de son père Pullus métayer à Ritum.

Du fond de la nef, la sœur de Rosa se fraya un passage dans la foule et s'approcha de la table.

Marcus regardait le niveau de l'eau de la clepsydre qui baissait... et toujours pas de Julia !

— Tu me reconnais ?

— Oui ! Nous avons bavardé un jour pendant que je gardais mes oies.

— Je voudrais que tu dises au juge ce que tu m'as raconté ! Qu'as-tu vu le jour où un inconnu est venu chercher ta sœur Rosa ?

— C'était le jour avant la nuit de pleine lune. Je gardais les oies. J'étais assise dans l'herbe à Ritum...

Secondus se leva calmement et, sans se départir de sa courtoisie, il empêcha la sœur de Rosa de poursuivre :

— Je ne vois pas en quoi les souvenirs d'une gardeuse d'oies pourraient aider à innocenter le prévenu d'un crime qu'il n'est que trop évident qu'il a commis !

Le duovir renchérit sur l'avocat de l'accusation :

— Aper, je te saurai gré de ne pas faire perdre son temps au tribunal en évitant d'interroger des témoins totalement étrangers à l'affaire qui nous occupe. Pour t'en convaincre, je voudrais poser quelques questions à Mia fille de Pullus : Connaissais-tu la victime, Julia fille de Germanus ?

— Non ! répondit Mia.

— Tu ne l'as jamais vue ?

— Non !

— Connais-tu Floris ?

— Qui est-ce ?

Des rires se firent entendre dans l'assistance.

— Silence ! hurla le duovir.

Il poursuivit en pointant son doigt sur l'accusé :

— Avais-tu déjà vu l'homme que je te désigne du doigt ?

— Non !

— Donc, l'histoire que Marcus Aper veut que tu racontes ne concerne ni l'homme qui est assis sur le banc, ni Julia fille de Germanus ?

— Non !

Le duovir frappa sur la table avec son marteau et dit d'une voix sentencieuse :

— Aper, je ne puis consentir à l'audition d'une personne qui ne connait ni la victime, ni l'accusé et qui, à la pleine lune de Dumann, se trouvait à plusieurs lieues de l'endroit où s'est produit le crime.

Marcus jeta un coup d'œil à la clepsydre et réalisa qu'il était temps pour lui d'attaquer :

— Justement ! Mia a été le témoin du seul crime qui a été commis le jour qui a précédé la pleine lune de Dumann ! Et comme Tritos, le témoin de l'accusation, a affirmé que Floris était cette nuit-là à La Graufesenque, il n'a pu se rendre coupable du crime qui a été commis à Ritum ! Je peux vous prouver que le corps qui a été brûlé dans le four de Floris est celui de Rosa fille de Pullus et sœur de Mia.

« Rosa a été violée et assassinée sur le chemin entre Ritum et Condatomagus. Le meurtrier s'est présenté chez Pullus en lui disant qu'il venait chercher Rosa pour la conduire à Atelia qui devait l'acheter comme esclave. Si la fille convenait à Atelia, il devait apporter le prix de la vente à Pullus. Nous ne pouvons demander à ce vagabond le nom de la personne qui l'employait. Il a été assassiné. Son corps a été retrouvé sur le bord du Tarn prés du Rozier. Mais nous savons que c'est lui qui a tué Rosa car il a été retrouvé dans sa bourse une perle d'ambre que Mia avait accrochée au cou de sa sœur Rosa le matin précédant sa mort. Je demande que l'on montre au témoin la perle d'ambre retrouvée dans la bourse du vagabond et qu'elle nous dise si elle la reconnaît ?

— Nous sortons du sujet ! interrompit Secondus.

— J'insiste ! rugit Marcus. Il me parait essentiel de savoir si le témoin reconnaît ces objets comme ayant appartenu à Rosa !

Des gamins perchés dans les tribunes se mirent à scander :

— On veut voir ! On veut voir !

— Silence ! hurla le duovir.

Pour ramener le calme, il ordonna au scribe d'aller chercher la bourse trouvée sur le cadavre du vagabond et d'en vider le contenu. Le scribe nomma les objets au fur et à mesure qu'il les posa sur la table :

— Un morceau de ficelle, un briquet, un silex, un as, une...

— C'est la perle d'ambre de Rosa ! s'exclama Mia. Je la reconnais, elle était fendue !

— Rien ne ressemble plus à une perle d'ambre qu'une autre perle d'ambre ! interrompit Secundus. Et quand bien même serait-ce la perle d'ambre de la sœur du témoin, quand bien même arriverait-on à prouver que ce vagabond a tué la sœur du témoin, rien ne peut prouver que le corps incinéré dans le four de Floris soit celui de cette Rosa ! L'assassinat éventuel de la sœur du témoin peut faire l'objet d'un autre procès mais ne concerne en rien l'affaire qui nous occupe !

Le duovir agita rageusement son marteau et déclara :

— Aper, nous avons fait preuve de patience mais nous demandons à ton témoin de regagner sa place ! Secundus, nous sommes prêts à écouter le réquisitoire de l'accusation !

— La défense souhaiterait entendre un second témoin ! dit Aper.

Le président s'impatientait :

— Je te préviens, Marcus Aper ! Je ne tolérerai aucune digression !

— Cette déposition est indispensable à la recherche de la vérité ! affirma Marcus. J'appelle Atelia loueuse d'esclaves à Ateliacum.

Atelia, d'une élégance parfaite dans son drapé mauve rehaussé de quelques discrets bijoux d'or, était la seule femme assise sur les bancs réservés aux notables. Il faut préciser qu'elle occupait seule le dernier rang, aucun homme n'ayant osé s'asseoir en public à côté d'elle. Elle parut étonnée d'être appelée à la table du tribunal. Marcus l'avait invitée en spectatrice, mais elle ne se doutait pas qu'il lui avait réservé cette surprise. Marcus s'adressa à elle comme s'il la voyait pour la première fois :

— Atelia, connaissais-tu Rosa fille de Pullus ?

Le duovir frappa comme un fou sur la table. L'assistance redevenait houleuse.

Avec assurance, Atelia couvrit le brouhaha :

— Non ! Je ne l'ai jamais vue.

Le duovir frappait toujours avec son marteau, le vacarme croissait dans la basilique. Marcus continua en haussant le ton :

— Mais tu connaissais son père, Pullus ?

Atelia hurla :

— Non !

Marcus ne parut pas surpris par l'aplomb d'Atelia. Il poursuivit son interrogatoire de sa voix de stentor :

— Il avait passé un marché avec toi !

— Non !

— Tu lui as promis d'acheter sa fille comme esclave !

— Non ! Non ! hurla Atelia.

— Menteuse ! cria un homme du fond de la nef.

Comme la tête du poulet tombe sous le coup de couteau, le vacarme cessa net. La foule s'écarta et dans le silence s'avancèrent : l'édile de Luteva, Lucter entre deux gardes et Julia qui marchait comme un automate soutenue par Nestor.

— Menteuse ! répéta Lucter. N'espère pas que j'accepte de payer pour tout le monde ! Tu m'as revendu cette Rosa alors que tu ne l'avais même pas payée à son père ! C'est toi qui as envoyé cet homme la chercher à Ritum ! C'est toi qui as ordonné à Tritos de brûler le corps de la morte ! C'est toi qui m'as dit qu'on ne me livrerait pas la fille parce que celui qui devait me la remettre l'avait violée et tuée ! C'est toi qui m'as dit de supprimer son meurtrier ! C'est toi qui m'as dit où il se cachait ! C'est toi qui m'as dit que l'aubergiste avait tout découvert et qu'il réclamait de l'argent pour se taire ! Tu n'es qu'une chienne ! Tu n'es qu'une putain ! Tu couchais avec moi pour que je fasse ta sale besogne ! Mais tu as commis une erreur ! Tu n'aurais pas dû me fermer ta porte ! Tu n'aurais pas dû me faire jeter dehors par tes esclaves ! Tu paieras comme Barcos et Aspiranus ont déjà payé ! C'est moi qui ai fait en sorte qu'on croie que la fille de Germanus avait été incinérée et ils ont refusé de me donner ma part ! Ils ont payé ! Toi aussi, Atelia, tu paieras !

Atelia rouge de colère se mit à hurler :

— Le menteur, c'est toi ! Oui, je t'ai aimé, mais il y a bien longtemps de cela. Depuis des années, je vis dans la terreur de tes perpétuelles menaces. Tu m'aurais tuée si je ne t'avais pas obéi. C'est toi qui as tout imaginé. Tu as utilisé la querelle entre Floris et Germanus pour que les soupçons se portent sur Floris.

Lucter vociférait des injures pour tenter de couvrir la voix d'Atelia qui poursuivit imperturbablement :

— Quand Julia s'est sauvée avec Barcos, tu n'as plus eu qu'une idée : la voler à Barcos pour la revendre ! Mais pour que ton plan réussisse, il fallait qu'on croie Julia morte ! Alors tu m'as demandé de te céder une esclave et tu as jeté son corps dans le four de Floris pour qu'on accuse Floris du meurtre de la fille de Germanus. L'assassin, c'est toi !

Alors s'ensuivit une pagaille indescriptible ! Les geôliers de Lucter le réduisirent au silence. Atelia, à court d'arguments, jugea plus prudent de perdre connaissance ! Les gardes de Primus accoururent et évacuèrent la salle tandis que Germanus se précipitait vers sa fille qu'il couvrit de baisers en la serrant dans ses bras. Il riait comme un fou :

— Vivante ! Ma fille est vivante ! Que Dis Pater soit remercié ! J'offrirai un bœuf blanc au temple ! Ma petite Julia, dis-moi, Floris ne t'a pas...

— Floris ? Il est étranger à tout ce qui m'est arrivé. Ce n'est pas lui que j'attends ! soupira Julia.

Le duovir, le marteau à la main, était changé en statue de sel. Il murmura, déconfit, supputant que sa réélection poserait problème :

— Floris, tu es libre ! Le tribunal ne retient aucune charge contre toi !

Secundus articula comme un somnambule :

— L'accusation retire sa plainte !

Floris, qui était resté immobile sur son banc, se leva, toisa son avocat et dit froidement :

— Voilà une cause qui ne t'aura pas donné beaucoup de mal ! Tu n'as même pas plaidé !

— L'affaire Germanus contre Floris est jugée ! Nous proclamons le non-lieu ! conclut le président.

Il s'apprêtait à sortir quand il entendit la voix de Marcus :

— Les crimes ne sont pas jugés ! Rosa est morte ! L'aubergiste du *Coq Noir*, un vagabond, Barcos, Aspiranus le publicain sont morts ! Trois personnes ici présentes étaient au courant de ces meurtres et ont caché la vérité à la justice. Je demande que Tritos, Lucter et Atelia soient entendus par le légat de la Province d'Aquitaine !

— Gardes ! Saisissez-vous des personnes de Tritos, Lucter et Atelia ! lança le premier duovir avant de disparaître par la porte de l'abside.

Le second duovir, le flamine et l'édile de Condatomagus le suivirent.

La basilique était vide. Marcus et Nestor se regardaient. Enfin, Nestor se décida à rompre le silence :

— Tu as toujours cru à l'innocence de Floris. Tu avais tout compris ?

— Non, il me manquait un maillon ! Atelia ! Lucter et Atelia ! Cette femme est un monstre !

La seule pensée qu'il ait pu partager cette femme avec Lucter le rendit fou de colère contre lui-même. Tout naturellement il s'en prit à Nestor :

— Tu as failli faire tout rater ! Je désespérais de te voir arriver ! Partons d'ici ! Allons mettre les bagages dans la rheda et rentrons chez nous !

— Il n'y a plus de rheda ! J'ai perdu une roue ! La voiture est dans le ravin !

Secundus et Tacitus attendaient Marcus Aper sous le portique de la curie.

— Beau travail ! lui dit son ami.

Ils montèrent dans la carruca de Secundus et décidèrent d'aller souper à Segodunum où Tacitus connaissait « la plus fine table de Gaule ! » selon ses dires.

Marcus tapa amicalement sur l'épaule du jeune homme :

— Alors, Tacitus, à quand ton premier client ?

— Je ne serai jamais avocat ! Je n'aurais pas aimé défendre Floris.

— La recherche de la vérité ! C'est cela notre métier, dit Marcus.

— Et pour la dénicher cette vérité, on est allés jusqu'en Province d'Afrique ! grogna Nestor.

— En Province d'Afrique ? Raconte ! dit Tacitus en sortant de sa bourse ses tablettes et son style.

ANNEXES

LES ROUTES AU Ier SIÈCLE APRÈS J.-C.

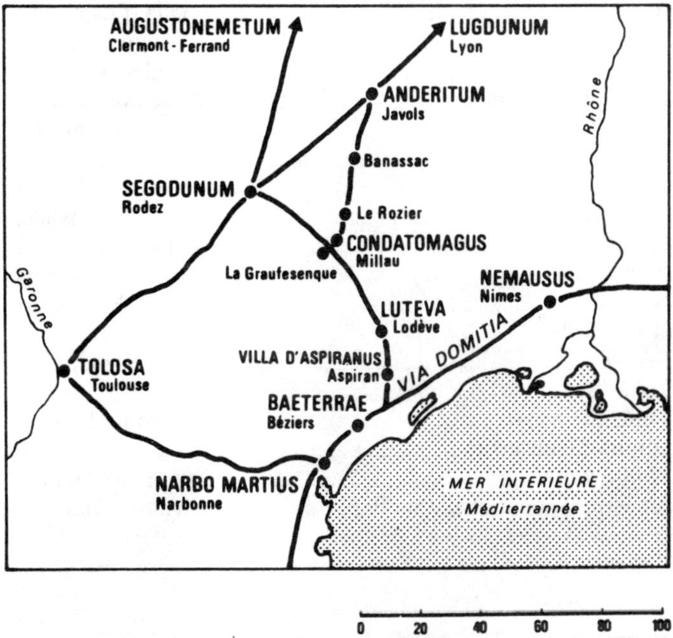

NOMS ROMAINS DES VILLES ACTUELLES

Aspiran .... villa d'Aspiranus
Autun .... Augustodunum
Béziers .... Julia Baeterrae
Clermont-Ferrand .... Augustonemetum
Javols .... Anderitum
Lodève .... Luteva
Lyon .... Lugdunum
Marseille .... Massalia
Millau .... Condatomagus
Narbonne .... Narbo Martius
Nîmes .... Nemausus
Ostie (Italie) .... Ostia
Rodez .... Segodunum
Toulouse .... Tolosa
Tunis (Tunisie) .... Colonia Junonia
Utique (Tunisie) .... Utica
Thuburbo Majus .... Site archéologique
sur lequel aucune ville moderne n'a été construite (Tunisie).

QUELQUES DATES
DE L'HISTOIRE DES CELTES EN GAULE

Avant J.-C. :

Fin du VIe siècle : Trésor de Vix.

vers 500 : Les Celtes occupent la presque totalité de l'hexagone. Ambigat roi des Bituriges (Bourges).

vers 450 : Les neveux d'Ambigat partent vers l'est à la conquête de nouvelles terres.

vers 400 : Les Celtes en Italie du Nord.

390 : Sac de Rome par les Gaulois.

350 : Les Gaulois prennent Bologne.

320 : Afflux de statères d'or de Philippe II en Gaule.

279 : Les Galates en Macédoine et en Thrace.

225 : Défaite des Gaulois sur l'Adda (affluent du Pô).

vers 200 : Les Gaulois d'Italie du Nord soumis par les Romains. Création de la province romaine de Gaule cisalpine.

125 : Les Romains pénètrent en Gaule transalpine.

121 : Défaite du roi arverne Bituit.

120 : Création de la province romaine de Narbonnaise.

70-60 : Invasion des Suèves en Gaule.

58 : Migration des Helvètes. Jules César proconsul de Gaule cisalpine et de Narbonnaise.

58-51 : Guerre des Gaules.

52 : Vercingétorix vainqueur à Gergovie. Jules César vainqueur à Alésia. Fin de l'indépendance gauloise. Début de l'organisation des Trois Gaules.

27 : À Rome, instauration du principat. Octave prend le nom d'Auguste.

19 : Mort de Virgile.

12-10 : Drusus institue le sanctuaire de Rome et d'Auguste à Lyon où les délégués des soixante peuples gaulois viennent chaque année, le 1er août, apporter l'hommage de leur loyalisme.

ÉVÉNEMENTS CONTEMPORAINS DE MARCUS APER

Ier siècle après J.-C.

41-45 : Claude empereur
vers 42 : Naissance en Gaule de Marcus Aper.
54-68 :Néron empereur.
vers 55 : Naissance de Tacite.
60 : Révolte de Boudicca reine des Icènes (Grande-Bretagne, actuel Norfolk).
61 : Naissance de Pline le Jeune à Côme.
69-79 : Vespasien empereur.
66-68 : Révolte de la Judée.
69-70 : Révolte du Gaulois Sabinus, des Bataves et des Trévires.
70 : Congrès de Reims. Les représentants des soixante peuples de Gaule se réunissent pour voter. La question est de savoir si on déclare une nouvelle guerre d'indépendance ou si on choisit la paix avec Rome. La majorité des votes est en faveur de la paix.
75 : Naissance de Suétone.
Rencontre à Rome de Marcus Aper et Julius Secundus. Tacite restitue leur dialogue dans le *Dialogue des orateurs* écrit six ans après les faits.

UNE OFFICINE DE POTERIE GALLO-ROMAINE LA GRAUFESENQUE

La Graufesenque est située dans le département de l'Aveyron à 2 km au sud de Millau.

Le gisement archéologique est connu depuis le début du XIXe siècle. Les premières fouilles ont été dirigées par les abbés Malzac et Cérès. Elles ont été reprises en 1901 par l'abbé F. Hermet et en 1950 par L. Balsan. De 1965 à 1981, dix-sept campagnes de fouilles ont permis d'explorer environ 4 000 m^2 d'ateliers de potiers, d'habitats, de lieux de culte. Dans les ateliers, le voisinage des fours a livré en abondance des rebuts de fabrication, des outils et des moules. La zone archéologique a été reconnue sur une dizaine d'hectares. Alain Vernhet est conservateur du musée de Millau et directeur des fouilles de La Graufesenque.

Les productions céramiques sur le site de La Graufesenque remontent à la fin du Ier siècle avant notre ère. Ce n'était alors que de grossières imitations d'œuvres italiques associées à des productions de céramique commune. La céramique sigillée présentant des décors en relief se développe vers les années 20 de notre ère. À la fin du siècle, le déclin, qui se manifeste par une baisse de la qualité et un ralentissement des exportations, s'accompagne d'un nouvel essor des céramiques communes.

La pâte des céramiques sigillées de La Graufesenque est fine, dure, de couleur beige rosé avec de fines particules de calcaire blanc. La couverte est rouge corail, semi-vitrifiée. Les marques des potiers sont estampillées ou manuscrites. La vaisselle décorée ne comprend qu'une vingtaine de types différents dont les plus courants sont les coupes carénées[1], les coupes cylindriques, les coupes hémisphériques. La technique de décoration est celle du moulage du vase dans une forme creuse préalablement décorée par impression de poinçons divers. On obtient ainsi des vases ornés à l'extérieur de décors en relief. On distingue 2 000 motifs : divinités, gladiateurs, chasseurs, animaux, et une grande variété de végétaux. Ces différents motifs sont agencés suivant onze structures types : palissade, guirlande, arcature, médaillon, rinceau... L'étude des styles décoratifs a montré l'existence de 130 décorateurs de moules !

Le site a livré des poinçons d'argile utilisés pour les décors et des poinçons en os utilisés pour les estampilles. Les poinçons portent parfois des signatures manuscrites sur le manche, comme cet Hercule recouvert de la peau du lion de Némée et signé GERMANUS.

Quatre fours ont été fouillés. Trois étaient à flamme directe et servaient à la fabrication des gobelets. Dans cette cuisson, dite réductrice, les vases, en contact avec les gaz de combustion dépourvus d'oxygène, devenaient gris ou noirs.

Dans le quatrième four, la flamme était isolée des vases. Ils cuisaient dans une atmosphère riche en oxygène et devenaient orangés ou rouges. Cette cuisson, dite oxydante, était celle des céramiques sigillées. Ce grand four mesurait 6,80 m de largeur et 11,30 m de longueur, il était bâti en pierres calcaires pour les murs extérieurs, en grès pour les parties exposées au feu, en briques pour la sole et les doublages internes des murs. L'alandier externe, un conduit voûté de 0,80 m de largeur et de 1,35 m de hauteur, était constitué de blocs et de dalles de grès posés sans lien de mortier. Les murs du four éboulés sur place permettent la restitution d'une hauteur initiale d'environ 7 m. La chambre de cuisson occupait un

1. *Caréné* : se dit d'un vase dont le profil présente une dépression comparable à la carène d'un navire.

espace cubique de 4 m de côté. Pour canaliser les flammes du foyer inférieur et pour les isoler des vases à cuire, on disposait au-dessus de la vingtaine de trous de la sole des cheminées d'argile de 4 m de hauteur. Ces cheminées étaient faites de tuyaux empilés, entre lesquels on intercalait tous les 40 cm une collerette plus large destinée à supporter les étagères. Le four devait avoir huit à neuf étages.

Des graffites[1] ont été retrouvés, gravés sur des assiettes. Ils nous apprennent que 10 000 à 40 000 vases étaient cuits à chaque fournée.

Il fallait monter lentement la température jusqu'aux mille degrés nécessaires à l'obtention des pâtes dures et des vernis semi-vitrifiés. On estime qu'une cuisson dans le grand four demandait entre trois et cinq jours. Le refroidissement durait aussi longtemps que la cuisson.

La production dé La Graufesenque a été diffusée dans toute la partie occidentale de l'Empire. Au départ de Millau par la voie qui se dirige vers Rodez au nord, et vers Lodève et la voie Domitienne au sud. Cette voie de 7 m de large permettait le passage de mulets attelés à des charrettes. Au-delà de Clermont ou de Lyon au nord, et de Narbonne ou Arles au sud, les sigillées étaient transportées par voie d'eau.

C'est l'ampleur de la réussite industrielle et commerciale de La Graufesenque qui sera à l'origine de son déclin. L'accroissement des commandes à l'époque de Vespasien aura deux conséquences : la surproduction se soldera par une diminution de la qualité et par une mise sur le marché de produits moins bien finis, d'où une désaffection d'une partie de la clientèle ; la seconde, plus néfaste encore, sera de favoriser l'éclosion, puis le développement d'ateliers concurrents. On ne peut expliquer l'essaimage d'une technique aussi élaborée sans une migration de potiers.

1. *Graffite* : compte de potier inscrit à la main sur des assiettes avant cuisson.

Bibliographie

Alain VERNHET : *La Graufesenque*, Éditions du Beffroi, Millau, 1991.

La Terre sigillée gallo-romaine, sous la direction de Colette BEMONT et de Jean-Paul JACOB, Éditions de la Maison des Sciences de l'Homme, Paris, 1986.

Composition réalisée
par S.C.C.M. - Paris XIIe.

Aubin Imprimeur
LIGUGÉ, POITIERS

Cet ouvrage est imprimé
sur du papier sans bois et sans acide

Achevé d'imprimer en avril 1997
pour le compte de France Loisirs
123, bd de Grenelle, 75015 Paris
N° d'édition 27098 / N° d'impression L 53768
Dépôt légal, mai 1997
Imprimé en France